臆病な恋を愛で満たして

杉原朱紀

幻冬舎ルチル文庫

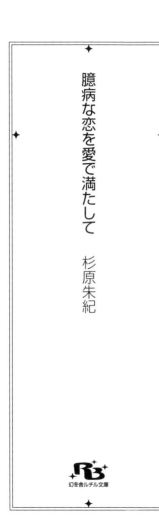

CONTENTS ✦目次✦

臆病な恋を愛で満たして

✦イラスト・陵クミコ

✦カバーデザイン=久保宏夏(omochi design)
✦ブックデザイン=まるか工房

臆病な恋を愛で満たして

『――恋は、いつか終わるものだから』

柔らかな髪を、優しく梳《す》く細い指先。うっすらと笑みを浮かべた母親のその静かな声は、奇妙なほど深く心に残った。

そこに滲《にじ》んだ、ほんのかすかな寂しさ。それをはっきりと感じ取るには幼すぎたけれど、それでも、胸の奥にじわりとした不安を芽生えさせるのには十分なものだった。

『あなたは、どんな恋をするのかしら』

穏やかなその言葉の先にあるものが、悲しみなのだと。本能的にそれがわかってしまった幼子の心の奥底には、小さな――けれど消えない傷が刻まれていた。

◇◇◇

恋など、したくはなかった。できれば、一生。

通り過ぎかけた和室の向こう――縁側で横になっている和服姿の男を視界に留め、深澤悠《ふかざわゆう》はふっと溜息《ためいき》をついた。

恋は、いつか終わってしまう。

幼い頃からまるでなにかの呪いのように心の奥底に刻まれている、諦めにも似た気持ち。

悠にとって恋とは、幸せなものでも甘いものでもなく、どちらかといえば憂鬱《ゆううつ》なものだった。

――『恋人』という繋《つな》がり。それが、悠にはひどく心許《こころもと》ない。

恋に奔放な母親を見ていたためだろう。恋人ができても、長くはない期間で別れ新しい恋人を作っている姿は、悠にその関係性がひどく刹那的なものなのだということを教えた。

自分にとって、大切な――絶対に失いたくない人であればあるほど、余計に『恋人』という関係になるのが怖かった。恋という、泡沫《うたかた》のような感情のみでの繋がりは、ぱちんと弾《はじ》けた瞬間になくなってしまうものだから。

自分でもままならない恐怖心。それが悠の中に深く根付いてしまっている。人に言えば笑われてしまうだろう。どうして怖いのか、自分でもよくわからないのだ。

それなのに、悠は恋をしてしまった。

どうしようもないほど、誰かに惹かれてしまう。そんな経験は、せずにすむのならその方がよかった。気がつかない方が幸せなことも、この世にはあるのだと。悠は、好きな人ができて初めて、それを理解した。

誰よりも大切な『家族』のような人だから、なおさら気持ちを伝えることはできなかった。なにより、相手は――自分と同性なのだ。

万に一つ気持ちが受け入れられたとしても、『恋人』になるのが怖い。悠にとって『恋人』とは、いつか必ず失ってしまうものだから。かといって拒絶されて、今のように『家族』に近い気安さで接することができなくなるのも、嫌だ。

そして結局、身動きが取れない八方塞がりのまま、日々が過ぎている。

気持ちを切り替えるように軽く息を吐くと、襖《ふすま》を開け放したままの和室を通り縁側へと足を向けた。

さらりとした薄茶色の髪が、歩みとともにかすかに揺れる。癖のない柔らかな髪と同色の大きめの瞳は、ほんのわずか眦《まなじり》が上がっており、表情を消して黙るとひどく冷たそうな——見る人によれば反抗的な印象になるらしかった。

背丈自体は男性の平均身長程度あるのだが、いくら食べても筋肉のつかない華奢《きゃしゃ》な体軀《たいく》と、色白な肌《はだ》、そして母親似の容姿のせいか、ぱっと見、小柄で弱々しく見えてしまうようで、女性には異性として意識されず、同性からは侮られることが多い。

（あの人の子供じゃなければ、俺の人生、なにか違ってたのかな……）

埒《らち》もないことを考えながら、迷いや躊躇《ためら》いを全て心の奥底に仕舞いこんで、無遠慮に男の傍へ歩み寄った。行儀が悪いことは承知しつつも、両手に洗う予定のシーツなどを詰め込んだ洗濯籠を抱えたまま、足先で横たわった着物姿の男の背中を軽くつつく。そして、わざと呆《あき》れたような声を出した。

「ちょっと、壮志《そうし》さん。明日締め切りって言ってただろ。原稿終わったの？」

「んー。……——まだかなあ」

返ってきたのんびりとした声に、先ほどまでとは違う、がっくりとした溜息が漏れる。

「まだなら、先に終わらせようよ。また紀兄《のりにい》に怒られるよ？」

「うーん。気分転換にひなたぼっこしてたら、気持ち良くて。悠君の足音とか聞いてると、つい……」

再び眠たげな声になった男――長束《ながつか》壮志の姿に、悠は「いやいやいや」と慌てて洗濯籠を床に置いてしゃがみ込む。空になった両手で、壮志の身体《からだ》をゆさゆさと揺すった。

柔らかで手触りのいい薄茶の木綿生地の着流しを着た壮志は、悠よりも頭一つ分近く高い長身で、細身ではあるが肩幅も広くしっかりとした体躯をしている。悠が座ってもさほど狭く感じない縁側が、大柄な壮志が寝転がるだけで妙に狭く、なんとなく理不尽な気持ちになってしまう。

身体が揺れるのに合わせ、うなじにかかる程度に少し長めに伸ばされた黒髪が、二つ折りにして枕代わりにされている座布団《ざぶとん》の上でぱさぱさと音をたてる。庭の方を向いて横たわっているため、閉じられているだろう瞳は前髪に隠れてしまっているが、すっきりと通った鼻筋と弧を描くと優しげな雰囲気になる唇《くちびる》に、つい目が引き寄せられてしまう。

見慣れた――だが、幾ら見ても見飽きることのない横顔から意識的に視線を剝《は》がすと、揺れ動きそうな自身の心を誤魔化すように声を強めた。

「そこで寝ると風邪《かぜ》ひく！　っていうか、終わらないなら紀兄に連絡！　終わるならさっさと終わらせて寝る！　どっちかにして！」

このまま放っておくと、絶対に明日の朝まで寝てしまうだろう。これまでの経験でそう判断した悠は、多少乱暴なくらいに壮志の身体を揺さぶり続けた。入側縁《いりかわ》――室内にある縁側のため庭に続く窓は閉められており、暖房も入っている。日も当たっていて寒くはないが、年末も迫ったこの時期、いつまでもこんなところで寝ていては本当に風邪をひいてしまう。

「起こして……」

揺さぶられるままころりと仰向《あおむ》けになった壮志が、眠たげな様子でこちらに向けて手を伸ばしてくる。甘えたそれに半眼になりつつも、腕を摑《つか》んで引っ張り起こした。

「ほら起きて。……って、ちょっと！」

「はー、悠君あったかい。癒される」

起き上がった途端、腕を引いたその勢いのまま壮志が抱きついてくる。突如壮志の腕の中に囲い込まれ、動揺しながら後退《あとずさ》ろうとしその場に尻餅《しりもち》をついてしまう。

「壮志さん、離して！」

「えー。やる気出すために、もうちょっと悠君補充させて……」

子供のような呟《つぶや》きに、なにそれと文句を言って壮志の身体を押し返す。だがびくともしない身体に、すぐに押し返すことは諦め「離して！」と容赦なく背中を叩《たた》いた。

すると、しばらく叩かれるがままになっていた壮志が、渋々といった様子で悠の身体を解放する。

「……うう。悠君、ひどい」

「俺は湯たんぽじゃないから。ほら、連絡か続き。どっちにする？」

「……後もう少しだから、終わらせる。悠君、明日はお休みだよね」

「日曜だから休みだよ。なんかある？」

「ううん。……少し遅くなるかもしれないけど、夕飯、一緒に食べよう」

さらりとした柔らかな黒髪の向こうで、同じ色の瞳を優しく細めた壮志の表情に、内心でどきりとしつつも、それを顔に出さないように頷《うなず》く。

「わかった。準備して待ってるから、頑張って」

「ありがとう」

にこりと微笑《ほほえ》んだ壮志が、立ち上がりながら大きな掌で悠の頭を軽く撫《な》でる。幼い頃からの癖のようなそれに苦笑すると、枕代わりにしていた座布団を手に仕事部屋へ戻っていく壮志の背中を見送った。

ああして、いきなり触れられるのは心臓に悪い。昔はただ心地好かっただけの触れ合いも、壮志を好きだと自覚してからはどうしていいかわからなくなってしまうのだ。せいぜい、なんでもない振りをして躱《かわ》すことしかできない。

「……――さて、と」

壮志の姿が見えなくなり、少しばかりぼんやりしていた悠は、気を取り直すように小さく声を出す。傍らに置いた洗濯籠を再び両手で抱えて持つと、今度こそ、洗濯機のある洗面所に向かおうと再び和室へ足を踏み入れた。

そろそろ、畳干しもしないとな。そんなことを考えていると、ふと、和室の隅に置いた飾り棚に視線が向いた。そこにある煙管箱《キセルばこ》を視界に留めると、拭《ぬぐ》いきれない寂しさが胸を過《よぎ》る。亡き祖父が愛用していたそれは、今はもう使う者がおらず、ひっそりと飾られているだけになっていた。

「……あれの手入れできる人も、探さなきゃな」

そう小さく呟きながら、悠は遠くない未来に訪れるだろうこの生活の終わりから、そっと目を背けた。

北鎌倉《きたかまくら》の駅から少し離れた、自然に囲まれた場所に建つ日本家屋。戸建ての住宅が並ぶ一角にあるこぢんまりとしたその平屋は、この辺りでも、比較的古くからある家だった。

近所の人達は高確率で顔見知りという昔ながらの面もあるが、近年では若い世代の転居者も増えたため、さほど窮屈さは感じない。

観光客の多い駅近くからは距離もあり、どちらかといえば、静かでのんびりとした空気が流れていた。

目隠しの板塀とそれに沿うように植えられた木々に囲まれた、小さいながらも庭のあるその家は、元々は、悠の祖父母のものだった。だが、悠の高校入学間近に祖父が、そして一年前に祖母が他界し、処分するほかないかと思われたこの家は、今現在、実は生前の祖母から土地ごと買い取っていた壮志のものになっている。

そして今年二十二歳になった悠は、大学に通いながら、住み慣れたこの家に居候という形で住んでいる状態だった。

洗濯物を放り込み、低い音をたてて回る洗濯機を見つめていると、下の方から「にゃー」という小さな鳴き声が聞こえてくる。視線をやると、足にすらりとしたサバトラが身体を擦《す》りつけてきていた。数年前——祖父が亡くなって間もなく庭に迷い込んできた雄猫で、今は悠の大事な家族となっている。

「正太郎《しょうたろう》さん、おはよう。今日も元気そうだね」

しゃがみ込んで背中を撫でると、するりと抜けて掌に顔を押しつけてくる。両手で顔まわりを撫で、ごろごろと鳴る喉音《こうおん》と温かさに癒されながら、いつものごとく近い将来について思いを馳《は》せた。

(卒業したらここ出ないとだし、そろそろ準備始めないとな……)

一緒に暮らしているとはいえ、本来、壮志と悠は赤の他人だ。強いていえば、幼馴染《おさななじ》み、といったところだろうか。といっても年が近いわけでもなく、現在、小説家兼脚本家として仕事をしている壮志は、悠よりも十歳年上だ。

そんな年の離れた二人がなぜ幼馴染みになったのかといえば、シングルマザーである悠の母親が、仕事の都合上、幼い悠を祖父母に預けていたのと、壮志が、祖父母の存命中からこの家に下宿していたからだった。

正確には、壮志が十七歳、そして悠が七歳の頃。壮志の両親が離婚し二人ともが遠方に引っ越すことになった際、進学校に通っていた壮志が高校を移らなくてすむよう、共通の知り合いを介して祖父母を紹介されたのだ。

壮志は、高校在学中に小説家としてデビューしており、またそれ以前からモデルのアルバイトもしていた。当面の貯金もあり、働けば一人でも暮らしていけるから、と、当初は高校卒業と同時にこの家を出ていく予定だったそうだ。だが、悠の祖父から将来のことを見据えた大学進学を勧められ、また、志望した大学が通えない距離ではなかったことから下宿を続けることになったそうだ。

以降も、折に触れて引っ越しの話は出ていたが、祖父が病気で亡くなり、高齢の祖母と学生の悠を残して出ていくのを躊躇ったらしく、気がつけば十五年ほど同居生活が続いている。

（もう、家族みたいなものだけど……）

母親から渡されている生活費から家賃や光熱費、食費等を渡しているとはいえ、すでに壮志のものとなったこの家にいつまでも自分が住んでいるのはおかしなことだった。実のところ、祖母が亡くなった際、壮志がここを買い取っていたのだと母親から聞かされた時点で、遺品整理が終わったら引っ越すつもりでいたのだ。自分一人であれば、たいした荷物はいらない。この家にあるものはそのまま壮志に使ってもらえばいいだろうと思い、一人暮らしをしている大学の友人から話を聞き物件も探していた。

けれど、それらの計画は、当の壮志からあっさりと却下されてしまったのだ。

――と、いうより。

『え、引っ越し？　なんで？』

逆に、心底不思議そうに聞かれてしまい、こちらが呆気《あっけ》にとられてしまった。

『いや、だって、もうここ壮志さんの家だし。俺が住んでるのも変だろ？』

『……――？』

ますます不思議そうに首を傾《かし》げた壮志に、どうしてそうなるのかと眉根《まゆね》を寄せれば、昔から変わらない穏やかで優しい笑みを浮かべた壮志の手にするりと頬《ほお》を撫でられた。その感触にどきりとするのを押し隠していると、くすぐるように頬を撫でていた手が、頭の上に乗せられた。

『今まで通り、ここは悠君の家だよ。それに……』

そこで、言い淀《よど》むように言葉を切った壮志が、すっと悠から視線を逸《そ》らす。

『……――悠君がいないと、生きていけないし』

ぽつりと呟かれたそれに、悠は胸が引き絞られるような痛みを覚えながらも、目を眇《すが》めた。

壮志の言葉の真意が、悠の欲しいものと違うことはわかりきっていたからだ。

『いや、そこはちゃんとしようよ。大人《おとな》なんだから』

溜息と一緒に吐き出すように告げたそれは、言葉そのままの意味だ。

壮志は、普段はそこまででもないのだが、仕事に入ると途端に生活能力が皆無になる。それは、だらしなくなるといった程度のものではない。

家の中の片付けはもちろん、食事、睡眠、風呂《ふろ》。そういったものの全てが疎かになっていくため、悠は、締め切り直前のよほど切羽詰まった時でない限り、仕事部屋に乗り込んで机から引き剝がしている。
五、六年ほど前——祖父が亡くなった悲しみが幾らか落ち着いてきた頃、壮志の仕事が急激に増えて忙しくなり、けれど壮志の大丈夫だからという言葉を鵜呑《うの》みにして、気にかけつつも言われるまで部屋に入らないようにしていたことがあった。
それまでは、下宿先の主人である祖父母や悠に心配をかけないようにと、体調や生活面にはかなり気は遣っていたのだと思う。

けれどその時、壮志は何日も部屋から出てこなかった。食事は運んでいたけれど、あまり手をつけた様子もなく、物音もしない。そんな日が続き、心配になった悠がそっと部屋を覗《のぞ》くと、そこには床に倒れ意識を失った壮志の姿があったのだ。

『壮志さん……っ!?』

あの時ほど、驚いたことはなかった。常になく血の気のない顔に、祖父が亡くなった時のことを思い出し、大慌てで救急車を呼んだ。結果、過労と睡眠不足で意識を失うように眠っていただけだとわかった。

さすがにあの時は、滅多に怒ることのない祖母と二人がかりで、壮志に説教した。

それ以降、悠は壮志の身の回りの世話を、今まで以上に積極的にするようになった。元々、家事は嫌いではなかった。幼い頃から祖母の手伝いをしていたため、手際も悪くないと自分では思っている。

そして、そんな悠の姿に、壮志も『ありがとう』といつも嬉《うれ》しそうに笑って言ってくれるから、余計に力が入った。

この人は、自分が面倒を見なければ。あの時、悠は心の底からそう思い、そしてそれは今でも続いている。むしろ、そうやって気にかけることがあったからこそ、一年前に祖母が亡くなっても、どうにか落ち込まずにやってこられたのだ。

(に、しても……)

どうして壮志がこの古い家を買い取ったのか、実のところよくわかっていない。

『俺も、ここに住み慣れちゃったからね。引っ越し先を探すよりも、買い取らせてもらった方が面倒が少なかったんだよ。ここなら、悠君と一緒に暮らせるし』

そんなふうに言ってはいたけれど、正直、それならもう少しいい場所や家を探せばよかったのではないか、とも思わないでもない。ここも決して不便ではないが、便利というわけでもないのだ。

とはいえ、もし祖母が亡くなったら家は処分すると母親にも言われており、思い出の場所がなくなってしまうのだと覚悟していた身にとって、壮志の言葉はありがたいものだった。

だからこそ、引き続きこの家に住まわせてもらう代わりに、今まで以上に、家の中のことや壮志の身の回りのことは全てやるからと告げたのだ。

『嬉しいけど、無理はしないように。俺も、できることはちゃんとやるから』

そう言って優しく微笑んだ壮志は、悠の言葉を否定せず、けれど気遣うようにそう言ってくれた。その言葉通り、締め切り前の切羽詰まった時期を除けば、壮志は悠に確認しつつ細々とした家事を手伝ってくれている。

『そう、おにいちゃん……？』

幼い頃の自分の声が、ふと、脳裏に蘇る。

あれはまだ、悠が七歳の頃だった。小学校から帰ってくると、玄関にいつもとは違う靴があるのに気づき、お客さんかなと思ったのだ。

上がり框《がまち》で靴を脱いでいると、扉が開く音で悠の帰宅を知ったらしい祖母が玄関まで迎えにきて、こっちにおいでと優しく微笑みながら手招いてくれた。ぱたぱたと祖母のもとに駆け寄り居間に連れて行かれた悠は、そこに、制服姿の青年を見つけて目を見開いたのだ。

『こんにちは、悠君』

『……――こんにち、は』

驚きとともに思わず祖母の後ろに隠れてしまい、けれど優しそうにこちらを見つめる瞳から視線が外せず、そっと顔を覗かせて挨拶を返す。すると、人見知りでごめんなさいね、と青年に向けて笑った祖母が悠の頭を撫でてくれた。

『このお兄さんは、長束壮志さん。今日から、ここで下宿――一緒に暮らすことになったの。仲良くしてね』

祖母がそう言うと同時に、壮志が、座卓を挟んで正面に座っている祖父に視線を向け軽く目礼すると、すっと立ち上がる。そうして、居間の入口に立つ悠の前までくると、目線を合わせるように膝《ひざ》をついた。

それでも壮志の方が背が高かったけれど、先ほどまでより近くなった視線に、どきどきしながら小さく呟いた。

『……かぞくに、なるの？』

『……――え？』

一緒に住むのは「家族」。幼い頃の悠は、下宿の意味がわからなかった。ただ、一緒に住んでいる祖父母が「家族」だから、当たり前のようにそう思っていた。だが、その言葉を聞いた壮志は、なぜか驚いたように目を見張って動きを止めたのだ。

『……ちがうの？』

ことりと首を傾げると、はっとしたように瞬きをした壮志が、先ほどまでとはどこか違う――けれど、ひどく優しい笑みを浮かべた。そして、悠と目を合わせたまま告げた。

『俺も、家族にしてくれるかな』

その言葉に、自分が間違っていなかったことに安堵《あんど》した悠は、こくりと頷いた。

『よかったわねえ、悠君。素敵なお兄ちゃんができて』

楽しげな祖母の声に顔を上げ、祖母と、壮志の顔を交互に見遣《みや》る。お兄ちゃん。その響きがひどく嬉しくて、悠はじわじわと湧き上がる喜びに頬が緩むのを感じた。

『……――おにい、ちゃん』

そうしてはにかんで告げたそれに、壮志がどんな表情を浮かべていたのか。俯《うつむ》いてしまった悠が知ることはなかったのだ。

◇◇◇

「よし、できた」

台所に立ち夕食の準備を終えた悠は、作業台代わりのテーブルの上に置いた時計に視線を向ける。すでに時間は午後八時を過ぎており、そろそろいいかな、と息をついた。

コンロの上に置いた土鍋の中には、午前のうちに作っておいたおでんが入っている。夕方まで新聞紙とバスタオルで包んで保温してあったそれに、餅巾着などの煮崩れしやすいものを食べる分だけ足して温め直したのだ。

鰹節《かつおぶし》と昆布でとった和風だしの優しい香りが、ふわりと鼻先をくすぐる。味も問題ないことは確認済みだ。本格的に寒くなるこの季節、身体も温まるため時間がある時には作ることが多い。

テーブルの上には、副菜として作った玉ねぎの和風ツナ和えサラダを入れた小鉢と、ご飯茶碗が並んでいる。基本的に、おでんの時はあまり品数を作らない。ごくシンプルなメニューになることがほとんどだ。

あとはご飯をよそって食べる準備をするだけ、というところで、エプロンを外して手近な椅子《いす》の背にかけた。

台所から廊下に出ると、玄関側にある洋間に向かう。この家に下宿し始めた頃から比較的広さのあるそこが壮志の部屋となっており、今でも仕事部屋兼寝室として使っている。祖父母が玄関に一番近いそこを壮志の部屋にしたのは、帰るのが遅くなった時などに、自分達に気兼ねせず出入りができるようにとの配慮だった。

木製の引き戸の前で足を止め、軽く戸を叩く。

「壮志さん、入っていい？」

声をかけると、中から「どうぞ」という普段と変わらぬ声が返り、さほど切羽詰まってはいないようだと安堵する。作業が終わっているかはわからないが、ひとまず、机から引き剝がして夕飯を食べさせよう。そう決めつつ、引き戸を開ける。

「夕飯できたよ。まだかかるなら、少し休憩しよう」

部屋の中には入らないまま中を覗き込み、部屋の奥――窓際近くに置かれた仕事机の方を見遣る。だが、こちらに背を向ける形で座り机に向かっている壮志は、パソコンの画面を見つめながら「うーん」という生返事しかしない。

そこから動く気配がないことに溜息をつき、部屋に入ると、壮志の背後に立った。カタカタとリズミカルにキーボードを叩く音を聞きながら、指が止まったところで、着物の後ろ衿《えり》に指をかけてぐいと引っ張る。

「うぐ」

「壮志さん」

目を眇めてもう一度呼ぶと、衿が詰まったことで一瞬呻《うめ》き声を上げた壮志が、キーボードから指を離した。後ろ衿を引っ張られるままに首を後ろに倒し、真後ろに立つ悠を見上げてくると、仕事中にかけている眼鏡《めがね》を外してふにゃりと気が抜けたように表情を緩めた。

「お疲れ様。ありがとう、終わったよ」

「ん、お疲れ様です。じゃあ、きりがついたら居間に来て。準備しておくから」

そう言って踵《きびす》を返そうとすると、悠君、と声がかけられる。足を止めて振り返ると、いつの間にか椅子から立ち上がっていた壮志が一歩で目の前まで距離を縮めてきた。

「な、……んっ」

なに、と問おうとしたそれは、だが、流れるような動作で唇を塞がれ喉《のど》の奥に消えた。腰《こし》に回った手にぐいと身体を引き寄せられ、頬に当てられた手が顔を逸らせないよう固定してくる。

ほんの一瞬、驚きに見開いた目を、だが悠はすぐに閉じた。唇を塞ぐ濡《ぬ》れた温かな感触に鼓動を高鳴らせながら、身体から力を抜き、目の前の存在に預ける。

「は、ふ……」

わずかに開いた唇の隙間から差し込まれた舌を拒むことなく受け入れると、腰に回った手にぐっと力が込められた。

舌を絡め合い、舌先でくすぐるように舌裏や口腔《こうこう》を舐《な》められると、ぞくりと身体に覚えのある感覚が走る。頭の中に直接響いてくるくちゅくちゅという水音に羞恥が湧き上がり、重なり合った腰に熱が溜《た》まりそうになった頃、口づけがゆっくりと解かれた。

「……っふ」

息苦しさに思わず声を漏らすと、頬に添えられていた手の指が優しく唇を拭ってくれる。

そして再び、今度は触れるだけの軽いキスが落ちてくると、腰を引き寄せていた手が外れた。

「……ごちそうさま」

「……っ」

耳元で囁《ささや》かれ、ふるりと身体が震える。

ふっと微笑む気配とともに、目の前にあった壮志の身体が離れていく。

「メール送ったらすぐに行くから、先に行ってて」

くしゃりと軽く髪を掻《か》き回され、今更ながらに赤くなっているだろう顔を隠すように俯く。

「……冷めないうちにね」

「もちろん」

ぼそりと呟くと、いつも通りの柔らかな声が返ってくる。くるりと壮志に背を向けて部屋を出ると、後ろ手に引き戸を閉めた。

「……——」

そのまま早足で廊下を進み、台所に戻ったところで詰めていた息を吐く。どくどくといまだ治まらない鼓動に、軽く深呼吸すると、ぱんと両手で頬を叩いた。

「……痛い」

うっかり、強めに叩きすぎてしまった。ひりひりする頬に、どうにか動揺を心の奥に押し込めると、夕飯の準備へと意識を向ける。

おでんにもう一度火を入れ、食器棚から取り皿と箸を出してお盆の上に並べていく。そうやって考えないようにしていても、やはり、つい意識が先ほどの口づけに戻ってしまう。

(……あれも、いつまで続けるんだろう)

そう思い、ふと眉を寄せる。

あんなふうにキスを——そして、それ以上のことをするようになって、そろそろ一年が経とうとしている。とはいえ、壮志と恋人になったというわけではない。

壮志が、どういうつもりで続けているのかはわからない。明確な言葉を聞いたこともない。どちらかといえば、自分の一方的な片思い。

たった一度だけ、のはずだった。

祖母が亡くなった時、慌ただしかった反動か、落ち着いた頃に眠れなくなってしまうことがあった。その際、見かねた壮志が少量の酒を飲ませてくれたのだが、寝不足がたたったのか、酔った勢いでうっかり気持ちを漏らした上に、自ら壮志にキスまでしてしまったのだ。

そして翌日、寝ぼけて間違ったとどうにか誤魔化そうとした悠に、嫌悪感がないのなら酒以外で眠れる方法があると告げた壮志は、悠の身体に触れ、散々泣かせた。

思い切り泣いたせいか、疲れたせいか、驚きが悲しみを上回ってしまったせいか、その時に熟睡してからは眠れないということもなくなった。

どうして、壮志が悠に触れたかはわからない。自分がキスなどしたから、欲求不満だと思われてしまったのかもしれない。男同士だから、そういった処理に手を貸してくれた――壮志にとっては、その程度のことかもしれなかった。

だが、悠にしてみれば、好きな人にされることに嫌悪感などあるはずもなく。彼の気持ちが伴っていなくとも、たった一度――壮志から離れる前に、大切な思い出ができた。そう思っていたのだ。

けれど、結果的に悠はこの家に住み続けることになり、壮志との触れ合いもなぜか続いてしまっている。

どうしてか、と。そう尋ねようと思ったことは、何度もある。けれど、聞いてしまえばこの関係が終わってしまう気がしてならず、口に出せないままでいた。

たとえ片思いでも、触れてもらえるのは嬉しい。どのみち、大学を卒業したら出ていくつもりなのだ。それまでは、曖昧な状態のままにしておきたかった。

大切には、してもらっている。少なくとも、ああして深く触れることができる程度には、好かれてもいるのだろう。だが、壮志にとって悠は、あくまでも放っておけない弟分のようなもののはずだ。

だから、これ以上近づくと――悠の方から踏み込んでいってしまうと、離れてしまう。そんな気がして仕方がない。そもそも、壮志の恋愛対象は女性なのだ。触れ合いだけであれば――欲を解消するだけならばともかく、先に続く関係を望むのは、夢に見ることさえ難しかった。

だけど、じゃあどうして一度ならともかく何度も、あんなふうに悠に触れるのか。大切なものに——愛《いと》しいものに触れるように。

そう、まるで……。

そこまで考えて、ぷつりと思考を止める。それ以上は考えたくない。ふるりと身震いし、わざとそこから思考を逸らす。そしてまた、堂堂巡りの疑問の答えは出ないままとなるのだ。

多分、まだ、壮志の目には悠が不安定に見えるのだろう。

大好きだった祖父母がこの世を去った時、喪失感からひどく気持ちがぐらついてしまった。きっとその時の印象が、いつまでも壮志の中に残ってしまっているのだ。だから、放っておけないのだろう。

無理矢理それらしい答えを捻り出すと、ほんの少し強張っていた身体から力が抜ける。

「……後、少しだけ」

もう少しだけ、目を瞑《つぶ》っていよう。

そう思いながら、悠は、まだわずかにキスの余韻が残る唇をそっと嚙《か》みしめた。

◇◇◇

「ああ、スケジュールはそのままで構わない。短編なら、なんとかなるだろう」

スマートフォンの向こうから、突発で入った執筆依頼を伝えてくる聞き慣れた男の声に、壮志は淡々と答えた。そこに、先ほどまで悠と夕食をともにしていた時のような柔らかな表情は、浮かんでいない。

庭先に草履《ぞうり》を引っかけて立つ壮志は、ふっと空を見上げる。夜の闇の中で薄ぼんやりと浮かぶ満月に、目を細めた。

『……──』

だが次の瞬間、電話の向こうで告げられた言葉に、眉間《みけん》に皺《しわ》を刻んだ。

「は？　ここで取材？　まさか、受けたわけじゃないだろうな」

目を眇めて冷めた声を出すと、若干慌てたような声が耳に届く。その答えにほんの少し力を抜くと、ならいい、と返した。

「……悪いが、あのプロデューサーがこれ以上しつこいようなら、後がどうなろうと、俺はこの仕事を降りるからな」

溜息交じりに告げた声に返ってくるのは、苦笑交じりの了承の声。そうして、残りの確認をすませると、スマートフォンの通話を切った。

「……全く、面倒な」

ぼそりと呟く声は、隠しきれない冷たさと剣呑《けんのん》さを帯びている。

元々、壮志はさほど穏やかな性格でもない。ただ単に、大切なもの以外への興味が希薄なだけなのだ。

そんな壮志が、唯一、昔から大切にしている存在。それが、悠だった。

乾いた土を踏みしめ、庭から家の中に戻る。座卓の傍で身体を丸めて眠っていた正太郎が顔を上げてこちらを見ると、ぱたりと尻尾《しっぽ》を揺らした。ヘーゼルの瞳がじっとこちらを見つめてくるのに、その瞳を見返しながら、苦笑しつつ表情を緩める。

「ごめん。ちょっと面倒な話があったから、顔に出てたかな」

眉を下げた壮志に、それでいいとばかりに顔を逸らし、再び寝る体勢に入る。まるで、悠にその顔を見せるなとばかりのその態度に、くすくすと笑いが零《こぼ》れた。

ありがとう、と言い小さな頭をひと撫でると、スマートフォンを座卓の上に置いて台所へ向かう。そうして、一人で流し台の前に立つ悠の横に立った。

「ごめんね、遅くなって」

空いた場所で石鹸《せっけん》を使って手を洗うと、洗剤のついた皿を洗い流していく。すると、隣に立った悠がちらりとこちらを横目で見た。

「仕事ならいいよ？」

「いや、連絡だけだったから大丈夫」

ふっと口元だけで微笑むと、そう、とスポンジを持った悠がどこか気まずげに視線を逸らす。それに気がつきつつもなにも言わず、壮志は手元の皿をすすいでいった。

食事の後の片付けを一緒にするのは、下宿時代からの習慣だった。祖母の手伝いで後片付けをする悠を、壮志が手伝う。そんな状態から始まったこれは、仕事で余裕がない時を除けば今も続いている。

「そういえば、紀兄が、また例のアレやりに来るからって言ってたけど……なんか詰まってるの？」

「ああ、うん。新しい話のネタを幾つか考えててね。方向性とか、キャラのイメージとかの候補と、雰囲気摑むための資料が欲しくて。駄目？」

甘えるように悠の方を見ると、ちらりとこちらを見た悠が、「別に駄目じゃないけど……」と視線を戻してぼそぼそと呟いた。決して駄目とは言わない悠の優しさと可愛《かわい》さに、自然と笑みが零れる。

「ありがとう。悠君、大好き」

「はいはい」

さらりと気持ちを告げても、幼い頃からの延長のようにあっさりと聞き流される。けれど、ほんの少し俯けているその表情は、やはり以前とは違うものだ。

こういう時、その可愛さに、いつも抱きしめたくなってしまって困る。やり過ぎると、必死に奮い立たせている自制心がどこかにいってしまうため、なかなか加減が難しいのだ。

うずうずする手を堪《こら》えながら、皿を受け取り泡を流していく。すぐ傍にこの体温があるだけで、余すところなくその温かさを感じたくなってしまう。それは、何年経っても変わらない——どころか、悠に深く触れるようになってから、なおさらひどくなってしまった。

（急がない、慌てない……）

自分に言い聞かせるように、心の中で繰り返す。悠に対する渇望に似た欲求はあれど、傷つけたくない気持ちも同じほどにある。今はまだ、悠が、自分との関係を変えられるように——それに対して怯《おび》えないように、少しずつ慣らしているような状態だ。事を急げば逃げられてしまう。そんなことにだけは、絶対にさせるつもりはない。

「ん？　正太郎さん、どうしたの？　ご飯はさっき食べたよね」

悠の不思議そうな声に、最後の皿を洗い流してしまうと、足下へ視線を向ける。すると、居間で寝ていたはずの正太郎が、悠の足に身体を寄せていた。小さく鳴き声を上げる正太郎に、悠が不思議そうに首を傾げる。その様子に、つい微笑んでしまった。

「戻ってくるのが遅いって、文句言いにきたんじゃない？」

「えー、そうかな。正太郎さん、もう少しで終わるから待ってて」

悠がそう言うと、しばらく悠の足下にいた正太郎が、壮志の足の間を通って再び居間の方へ向かう。壮志から離れる瞬間、揺れた尻尾がぺしりと足に当たり、自分の中の不穏な感情を咎《とが》められた気がして密かに苦笑する。

途中、床に置かれたプラスチック製の皿の前で足を止め、ほんのかすかな音をたてて水を飲み始める。しばらく飲んで満足したのか、今度こそ居間の方へ向かった正太郎を見送ると、どちらからともなく顔を見合わせてくすりと笑う。

「……壮志さん。仕事終わったなら、お茶でもどう？」

ふと、気が抜けたように笑いそうう言った悠に、そうだね、と微笑む。そしてつい反射的に、お茶の準備を始めようとした悠の身体に手を伸ばし、腰を引き寄せてしまった。

「……っ」

慣れた体温が腕の中に収まるのにほっとするのと同時に、悠が身を固くするのを感じて内心で自嘲する。この触れ合いに、悠が戸惑っているのはわかっている。自分が、大人としては最低な部類に入るということも。けれど、止める気はさらさらなかった。

「はー、あったかい」

細い身体を腕の中に抱き、のしかかるように肩に顔を埋《うず》める。すると、緊張に強張っていた悠の身体からふっと力が抜け、苦笑する気配がした。

「だから、俺は湯たんぽじゃないってば。……お疲れ様、壮志さん」

そうして、恐る恐るといったふうに壮志の背をぽんぽんと軽く叩いて、すぐに離れる。その細い手の感触に、じわりと身体の奥から欲望が湧き上がってくるのを堪え、ほんの少し腕に力を込めた。

「悠君、明日、時間あるなら出掛けようか」

「え？」

顔を伏せたまま告げた壮志に、悠が目を見張ったのがわかる。

「久し振りに、気分転換したいし。デートしよう？」

「……いや、デートって違うし……、ていうか、疲れてないの？」

慌てたように身動《みじろ》ぎ壮志の身体を押し返そうとするが、それを許さず腕の中に閉じ込めたまま顔を上げた。額がつきそうなほど近くから悠の顔を見つめると、どういう顔をしていいのかわからない、といった悠が眉間に皺を刻んでいた。

「全然。むしろ、ここのとこ閉じこもってばっかりだったから、気晴らししたいかな」

「……まあ、それならいいけど。買い物でも行く？」

「ああ、そうだね。そろそろ、年末の買い出しもしておこうか」

「あー、確かに。保存の効かないものは仕方ないけど、ぎりぎりに行くと混むからなあ」

うんざりした悠の声に、くすりと笑ってしまう。祖父母に育てられた悠は、恐らく今では珍しいくらい、こういった季節の行事に関してきちんと準備をする方だった。とはいえ、今は年越しも二人だけなのでたいした手間はかからないだろう。

「じゃあ、決まり。まあ、急ぐ用事じゃないし、お昼くらいからゆっくり出掛けよう」

「了解。壮志さんは……、んっ」

恐らく、ゆっくり寝ていてとでも言いたかったのだろう。だが、その言葉を、壮志は唇で塞いで止めた。軽く重ねた唇の隙間から舌先でそっと悠の唇をなぞると、一瞬びくりと身体を竦《すく》ませた後、そろそろと唇が開いていく。

腕の中の身体が、ほんの少し熱くなった気がする。そう思いながら、開いた隙間に舌を差し込み、戸惑いに震える舌を自身のそれで搦《から》め捕った。

「……っ」

ぴくりと悠の身体が震える。同時に、するりと腰に回していた手を下の方にやり、ぐっと尻を掴むと腰を強く擦り合わせた。

「ん……っ！」

それが、なにを意図してのものか、一瞬で悟ったのだろう。悠の身体が強張り、だがすぐに力が抜けていく。代わりのように、着流しの袖《そで》を掴む気配がした。

「……お風呂入って、待ってて」

口づけを解き耳元で囁くと、唇を噛みしめた悠が目を合わさないまま身体を離す。俯いたその顔は耳まで赤くなっており、嫌がられていないだろうことは窺《うかが》えた。

「……――セクハラ禁止」

ぼそりと呟き、小走りに台所を出て行く悠の後ろ姿に、壮志は腹の底に溜まった欲望を感じながら思わず苦笑した。

風呂から上がった壮志は、準備しておいた濃紺の浴衣《ゆかた》に袖を通し、帯を締める。さらりとした綿生地が、湿った身体から余分な水分を吸い取り、心地好い。

「さて、と。起きてるか……寝てるか」

ふっと笑みを浮かべ、仕事部屋に戻る。

この家を買い取った後、悠から祖父母が使っていた部屋も余っているし、仕事部屋と寝室は別にしたらどうかと言われたが、広さもそれなりにあり別段不自由もないためそのままにしていた。

そして、ああして壮志が誘いをかけた時、悠が待っているのは壮志の部屋だった。そう取り決めたわけではないが、それが暗黙の了解となっているのだ。

たまに、壮志がわざとゆっくり風呂に入っていると、待っている間に眠ってしまっていることもあり、その時の無防備な寝顔を思い出せば自然と笑みが零れてくる。

この家を買うことに決めたのは、二年ほど前――悠の祖母の病気がわかった時だった。

悠の祖母から、病が見つかりそう長くないことを聞き、もし自分になにかあった場合、悠の心残りをなくすためにもこの家は処分することになると告げられたのだ。

その話に、壮志は反論することはできなかった。そうなるだろうと、壮志でも想像がついたからだ。残酷だとは思うが、思い出は思い出として、新しい場所でやっていった方が悠のためにはなるだろう。

だが、自分の中でそう結論づけられても、わかりましたと言うことはできなかった。

理由は二つ。

悠は、自覚は薄いようだが、家族というものにかなりの執着があった。祖父母に愛情深く育てられ母親との仲も良好とはいえ、実の父親の顔を知らず、母親も年に数回しか会いにこないという環境では寂しさもあったのだろう。祖父母の前では決して言わなかったが、小学校の頃は両親が一緒に暮らしていないことで苛《いじ》められたこともあったようだ。

そんな悠が、今後、大学を卒業し就職して落ち着いた頃ならいざ知らず、環境の変化が激しい時期に重なれば、精神的に大きな負担になるだろうことは容易に想像できた。

もちろん、悠も二十《はた》歳《ち》を過ぎた青年だ。幼い頃のイメージとは異なり、精神的にはかなりタフな方だと知っている。それでも、過度な不安を与えたくはなかった。

そして、もう一つ。壮志にとってはこちらの方が重要だった。

この家での生活が終われば、壮志と悠の間にたいした接点はなくなる。もちろん、仮に離れて暮らすことになったとしても、繋がりを切らないつもりだった。だが、もしも自分の目の届かないところで、悠が誰かに惹かれ――そして、誰かが悠に惹かれることがあったらと思うと、腹の底に湧き上がる不安と苛《いら》立《だ》ちを消せなかった。

そう。あの頃にはもう、壮志は悠に惹かれていると自覚していた。はっきりと、いつからとはわからない。だが、悠が高校に入って少しした頃には、自分が悠に対して恋人にするように触れたいと思っていることに気がついたのだ。

さすがに、自分でもまずいとは思った。幼い頃から知っている子供の上、恩人である人達の孫だ。悠への気持ちを自覚した時、物理的に距離を置き冷静になるためにも引っ越しを検討していた。だが、間もなく悠の祖父が亡くなり、どこか不安定な悠を残していくこともできず月日が経っていた。

（いや、言い訳だな……）

結局は、自分が悠を手放せないだけなのだ。目を離せば、あの子が誰かのものになるかもしれない。そう思ったら、傍を離れることができなかった。

（我ながら、怖いぐらいの執着だ）

――そして、あの日、絶対に悠の全てを手に入れると決めたのだ。

「……――」

引き戸をそっと開けると、ダブルサイズのベッドの端に腰を下ろし、本を読んでいる悠の姿があった。手にしているのは、つい先日発売された自分が書いた本だ。静寂の中にページを繰るぱらりという音だけが響き、思わず口元に笑みを浮かべてしまった。

集中している様子に、静かに部屋に入り仕事机の前に座る。それでも気がつかない悠にくすりと笑い、机に肘《ひじ》をついてのんびりと悠の様子を眺めた。

色素の薄い瞳が、一心に文字を追っている。どの辺りを読んでいるのか、それまで真剣な面持ちだったのに、ふ、と表情が緩む。

（可愛いなあ）

その素直な様子に、自然と笑みが深くなる。壮志自身は、悠に対して自分が書いたものを読んで欲しいと言ったことはない。だが悠は、高校に入ったくらいの頃から、新刊が出ると必ず買って読んでくれるようになっていた。それを知った時から、わざわざ買わなくても、と、毎回一冊渡しているのだが、それとこれとは話が別と律儀に購入しているようだった。

『俺が読みたくて読んでるんだから。……でも、ありがとう』

そう言って、渡した本を嬉しそうに受け取ってくれる度、腕の中に閉じ込めてしまいたい衝動に駆られた。

そして、以前ならばかかっていた歯止めが、かなり緩んできてしまっていることも自覚している。

（……まあ、もう今更だが）

悠を、他の誰かに渡す気は微塵《みじん》もない。悠が、憎からず自分を想ってくれているだろうという自惚《うぬぼ》れも、多少はある。

――少なくとも、キスや、それ以上のことも許す程度には。

ただ、悠の性格上、真剣に好きだと告げても受け入れられない――というより、むしろ逃げてしまう可能性が高く、歯痒いが今はまだ手を拱《こまね》いているほかない状態だった。

きしり、とかすかな音がして意識を向ければ、ようやく見られていることに気づいたのか悠が目を見開いてこちらを見ていた。ぽかんとした顔に徐々に赤みが差していき、どこか恥ずかしそうにこちらを睨《にら》んでくる。

「……いつからいたの」

「ついさっきだよ。邪魔しちゃ悪いと思って」

「声かけてよ！」

にこりと笑って言えば、趣味悪い、と慌てて本を閉じた悠が声を上げる。

「悠君が楽しそうに読んでくれてたから、嬉しかったんだ」

思ったままにそう言うと、悠がさらに顔を赤くしてかちんと固まる。だがすぐに、肩を落として溜息をついた。

「……面白い、よ。でも、いつも言ってるけど、俺、ちゃんとした感想とか言えないし」

「ん？　どちらかと言えば、悠君が読んでるところを見せてもらえる方が、ご褒美かな」

「は……？　って、なにそれ。意味わかんないんだけど」

訝《いぶか》しげな表情に、堪えきれずくすくすと笑ってしまう。自分では気がついていないが、悠は他人の前では感情を抑え気味であるものの、気を許した相手の前では比較的表情に出やすい。本を読んでいる時などは、その時の感情が如実に顔に出るため、言葉を尽くした感想よりよほど雄弁で、見ていてつい抱きしめたくなってしまうのだ。

「これに関しては、わからないままでもいいかな」

ふっと、それまで浮かべていた笑みを意図のあるものに変えると、悠がぐっと言葉を詰まらせる。気まずげに視線を逸らしている態度から、きちんと伝わっていることを読み取り、だがそれでもこの場を去らないことを答えとして、壮志は立ち上がった。

「……っ」

ベッドの端――悠の隣に腰を下ろすと、きしりとベッドが揺れる。その揺れで悠の身体がこちらに倒れてきたのを、ぽすんと受け止めた。

「……あ、の……、さ」

「ん？」

「……――、なんでも、ない」

どうして……――、いつまで、こんなことを続けるのか。そう、問いたいのだろう。

だが、わかっていてもそれには答えないまま俯いた頬に手を当てた。

卑怯《ひきょう》なのは百も承知だ。心ごと全てを手に入れるため、まずは身体に自身を刻み込む。

けれど、明確な言葉を告げないまま触れる壮志に、悠は戸惑いしか感じないだろう。

（悪い大人に捕まって。……可哀想に）

それでも今の壮志にできるのは、差し出すことのできない言葉の代わりに、ただひたすら甘やかすことだけだった。

「こっち、向いて」

頰を撫でながら耳に唇を触れさせ、息を吹き込むように小さくそう告げれば、腕の中でびくりと悠の身体が震える。そのまま黙って待っていると、躊躇いながらもゆるゆると悠が顔を上げた。

「……ん」

額や目元、頰にキスを落とし、ゆっくりと唇を塞ぐ。震える手が壮志の着ている浴衣の胸元を摑んでくるのを感じながら、うっすらと開いた歯列の間から舌を差し入れた。

「……ん、ふ」

ぴちゃぴちゃと水音をさせ、ねっとりと互いの舌を絡ませ合う。悠は、積極的に求めてくることはしないが、逃げも拒絶もしない。嫌がるような素振りがないのをいいことに、ゆっくりと味わうように口づけを深めた。

「あ、ふ……っ」

舌先で口腔をくすぐるように撫でると、その度に甘い声が零れ落ちる。その声に煽《あお》られつつも、一度口づけを解くと、濡れた唇を舐め力の抜けた悠の身体をゆっくりとベッドの上へ横たえた。

いまだにキスに慣れず、息苦しそうに胸を上下させる悠の姿に頬を緩ませ、仰向けに倒れた悠へ覆い被《かぶ》さるようにする。思わずといったふうに壮志から目を逸らした悠の目元に口づけると、赤くなった唇を再び自らのそれで塞いだ。

「……ん、う」

パジャマの裾《すそ》から手を差し入れ、自身の体温を移すようにゆっくりと軽く肌を撫でる。触れた瞬間、わずかに身体が震えたものの、すぐに強張りは解けていった。

「……——っ」

脇から腹部を撫で、胸元に辿《たど》り着いたところで、小さな粒を親指の腹で回すように押し潰す。零れた声を重ねた唇から飲み込んで、わずかに熱を持った胸粒を爪の先で軽く弾いた。

びくっと跳ねた身体を、自身の身体で押さえ、口づけを解く。は、と短く喘《あえ》ぐように息を継ぐ音に欲望が疼《うず》くのを感じながら、パジャマのボタンを外し、前を開いた。そのまま身体を下げると、指で弄っていた胸先に口づける。

「や……」

硬くなったそこを舌で押し潰すように舐めながら、掌を肌に滑らせ、下着ごとズボンを下ろす。身動ぎした脚の間に自身の身体を挟ませ閉じられないようにすると、空いた方の手で悠の中心に掌を添えた。

「あっ！」

勃《た》ち上がりかけたそれを掌に包み、痛みを与えないよう緩く扱《しご》く。合わせて胸の先を甘噛みしてやると、かすかな嬌声《きょうせい》とともに中心からとろりと先走りが零れた。

「や、だめ……」

無意識なのだろう。自身を扱く壮志の手の動きに合わせて、腰が揺れている。それに唇を笑みの形にしながら、反対の胸も同じように舌で嬲《なぶ》った。

かすかに聞こえてくる快感を堪える声に、徐々に腰に熱が溜まるのを感じる。この柔らかな肌に自身の熱を思うさま擦りつけてしまいたい。そう思うのをぐっと堪えると、悶《もだ》える身体をさらに溶かすように扱く手の力を少し強めた。

やがて口づけを徐々に下へ向かわせ、柔らかな肌のあちこちに唇を寄せる。時折舌で刺激を与え、完全に勃ち上がった悠自身の先端を舌先でくすぐった。

「っ……、壮志さん、それ……っ！」

制止の声を聞きながら、悠のものを口腔に迎え入れる。唇と舌で側面を扱き、舌先で先端を突くと、悠の身体が堪えきれないようにびくびくと軽く跳ねた。

「……、あ……っ」

必死に堪える声が、水音に混ざり耳に届く。そのくぐもった声は先ほどまでよりさらに艶《つや》を帯び、自身の中の欲情をさらに刺激した。

「悠……」

「……っ！」

咥《くわ》えていた悠自身から唇を離し、小さく名前を呟くと、押さえ込んだ身体が如実に反応する。ふるりと腰が震えるのと同時に、先端からとろりと雫《しずく》が零れた。

「壮志、さん……」

そっと呟かれた頼りなげな声に、どくりと自身が一気に熱を持つのがわかる。ふ、と軽く息を吐き衝動をやり過ごすと、浴衣の合わせから勃ち上がったものを取り出し、悠のそれに軽く擦りつけた。濡れた感触にゆるゆると腰を重ねて動かすと、堪えきれなくなったのか、零れ落ちてくる声が大きくなる。

「あ、あ……、んっ」

このまま、思うさま抱いてしまいたい。そんな衝動を抑え、溢《あふ》れる声を飲み込むように口づけると、二人のものを重ね掌で包む。差し入れた舌で口腔を掻き回し、欲望のまま掌の中のものを強く扱いた。

「ん、んん……っ」

くぐもった声を聞きながら、追い上げるように手の動きを速める。余裕のなくなった声が口づけの合間に漏れ、その声にまた欲望が増していく。

「あ、ふ、んん……――っ！」

「く……っ」

ぐっと敏感な先端を指の腹で強く擦ると、掌に二人分の熱が吐き出され、腕の中で悠の身体がびくびくと跳ねる。幾度かに分けて短く吐精し、直後、強張っていた身体から一気に力が抜けた。

「ふ、は……」

同時に重ねていた唇を離すと、はあはあとベッドに横たわったまま胸を喘がせる。そんな様子を、身体を起こしていまだ冷めぬ情欲を滲ませたまま見下ろす。だが悠には気取られぬよう静かに長く息を吐くと、それを抑え込み、近くにあったティッシュを手にし汚れた身体を手早く拭った。

「壮、志さん……？」

ここで終わりなのだろうか。そう言いたげに、潤んだ瞳で不思議そうにこちらを見つめてくる悠に、意識的に穏やかな笑みを浮かべてみせる。

「あんまりやると明日疲れるからね。今日は、このまま寝よう」

この数日、睡眠時間が短く寝不足気味なのだ。今、これ以上のことをしてしまえば、途中で歯止めがきかなくなってしまう。そんな本音は胸の奥に仕舞いこんで、乱れた服を手早く直すと、うっすらと汗の滲んだ額に軽くキスを落とした。

「ん……」

どこか気持ちよさそうにも見える穏やかな顔でそのキスを受け入れた悠が、力が入らない様子で身動ぐ。小さく笑い、悠の身体を布団の中に入れ、自分もその隣に横たわった。

「おやすみ……」

眠そうな声が耳に届き、すぐにかすかな寝息が聞こえてくる。今日は、朝から一日家の中の片付けをしていたようだから、疲れていたのだろう。目の前にある無防備な寝顔に苦笑し、目にかかる前髪をそっと避《よ》けた。

あの日の選択が、正しかったのか——そうでなかったのか。それは今でもわからない。

ただ、悠の戸惑ったような表情は、あの時も、今も変わらない。

「ずるい大人で、ごめんね」

けれど、逃がす気はないのだと。そう刻むように、壮志はそっと額に口づけを贈った。


思い出すのは、かすかに漂う百合の花の香り。

あれは、一年ほど前、悠の祖母が亡くなって数週間が経った頃のことだった。

業者の手配や、諸々の手続きなどは全て悠の母親が行ったが、弔問客への対応といった表立ったことに関しては基本的に悠がしていた。もちろん、その大半に壮志も手を貸してはいたが、悲しむ暇もない、といった様子で悠は日々慌ただしく過ごしていた。

そして、生前の悠の祖母の希望による身内だけの葬儀を終え、人の出入りが少なくなり、悠が祖父母の遺品整理を始めた頃、それに気がついたのだ。

その日は、遅れ気味になってた仕事を進めるべく、夜中まで作業をしていた。だが日が変わる時間を過ぎ、ふと喉の渇きを覚えた壮志は、部屋を出たのだ。

居間の電気がついているのに気づいて覗けば、そこには、座卓の前でクッションを抱えてぼんやりと座っている悠の姿があった。暗く闇に沈んだ外を、ただじっと見つめ続けるその表情からは、ごっそりと感情が抜け落ちていた。

座卓の上には、短くなった百合の花が数本、小さな花瓶に生けられている。悠の祖母が生前好きだった花で、仏前への供花《くげ》の一部だった。

居間の入口から、そんな悠の様子を見ていた壮志は、内心でそっと溜息をついた。喪失感を意識し始めるのは、日々の慌ただしさが一段落ついた今頃だろうと思っていたからだ。

事前に病気のことを教えられ覚悟ができていたせいか、以前、悠の祖父が亡くなった時よりも強がっている雰囲気は見られなかった。元気はなかったものの、訪れる人々への対応や、壮志の面倒を見ることで幾らかは気も紛れている様子ではあった。

だがそれでも、大切な人との別れというものは何度経験しても悲しいことに変わりがないのだ。一緒に過ごす機会を永遠に失ってしまったという事実を受け入れるのに必要なのは、時間だけなのだから。

自分にできるのは、傍に寄り添って、その痛みや悲しみが少しでも和《やわ》らぐよう手を尽くすことだけだ。

「悠君」

声をかけて居間に入ると、ぱっとこちらを振り向いた悠と視線が合う。そこには、いつも通りの悠の姿があり、先ほどまでの痛々しさなど微塵も感じさせなかった。

「壮志さん。まだ仕事？」

「うん。きりがよくなったから、なにか飲もうかと思って。悠君も、まだ起きてるならなにか飲む？」

「……そうだね、そうしようかな。壮志さんはコーヒー？　俺が……」

そう言って立ち上がろうとした悠を片手で押し止《とど》める。

「俺が淹《い》れるよ。悠君は、飲みたいものはある？」

「ありがとう。じゃあ、あったかいの。壮志さんと同じでいいよ」

くすぐったそうに笑った悠に、ちょっと待ってて、と言い置いて台所に向かう。自分のコーヒーを手早く淹れてしまうと、一瞬考え、悠の分としてホットミルクを準備する。そして、マグカップに注いだ温かなそれに、少しだけ――風味づけよりは幾らか多めにブランデーを落とした。

「悠君、はい」

両手にそれぞれのマグカップを持ち、居間に戻ると、悠に片方を手渡す。ありがとう、と言って受け取った悠は、中に入ったホットミルクを見て首を傾げた。

「お酒?」

「ブランデーを入れてある。味は少し独特かもしれないけど、身体が温まるからね」

「……ごめんなさい。ありがとう」

眠れないのなら、手助けになるから。言葉にしないそれを感じ取ったのだろう。悠が苦笑とともにホットミルクを口に運んだ。祖父母が飲まなかったため、悠は、普段全く酒を飲まない。であれば、多少は役に立つだろう。座卓を囲むように、悠の斜め横に座った壮志もコーヒーをゆっくりと飲んだ。

「……なんだろう。なんか、落ち着いたら、逆に落ち着かなくなっちゃった」

ぽつりと、悠が呟く。慌ただしくしている方が、深く考えずに済んだのだろう。考える時間が増えたことで、祖母がいなくなったことを実感し、眠れなくなってしまった。

「家の中が静かなのが、凄《すご》く気になって」

夜なのだから静かなのは当然なのに、その静寂がひどく怖くなってしまったのだと。そう告げた悠は、おかしいね、とホットミルクを飲みながら苦笑した。

「おかしくはない。ずっと一緒だった人がいなくなってしまったんだ。悲しいのは当たり前なんだから、そんなふうに笑う必要はない」

手を伸ばして緩く髪を撫でてやると、うん、と悠が心地よさそうに目を細める。

「じいちゃんの時も、そう言ってくれたよね……」

「泣きたい時は、またいつでも胸を貸すよ。一人で泣くより、多少はましだろうから」

ちゃかすでもなく静かにそう告げた壮志に、悠が「ありがとう」とぎこちないながらも頬を緩めた。

「壮志さんが、いてくれて、よかった……」

しばらく静かにホットミルクを飲んでいた悠が、不意に呟く。その声は、どこかとろりとした甘みを帯びて聞こえ、思わず視線をやった。

(慣れてないからか。早かったな……)

見れば、悠の頭がふらふらと揺れており、今にも眠りそうな状態で瞼《まぶた》が落ちかけている。完全に、酔っ払っている状態だ。

酒に慣れていないことを考慮して加減はしたつもりだったが、悠にとっては多かったらしい。もしくは、ここ何日か睡眠不足が続いていて、余計に酒の回りが早かったのかもしれない。

「悠君、眠いなら布団に……」

ほとんど空になったマグカップを悠の手から取り上げ、ゆらゆらと揺れる肩に手をかける。すると、悠がむずかるように首を振った。

「いや、だ。部屋、行きたく、ない……」

そう言った悠に、仕方がないなと苦笑交じりに微笑む。酒と眠気で自制心が飛んでいるのだろう。普段は見せない悠の姿は、ひどく可愛いものだった。

「じゃあ、眩《まぶ》しいかもしれないけど、俺の部屋で寝る？」

スケジュール的にもう少しだけ作業を進めておきたいため、電気はつけっぱなしになってしまうが、これだけ眠そうにしていたら大丈夫だろう。眠れなそうであれば、最悪、作業は明日に回してしまっても良い。そう思いながら問いかけると、少し迷った様子をみせた後、悠がこくりと頷いた。

ふらつく身体を支えて部屋へ連れて行き、抱えるようにしていた悠の身体をベッドへ横たえる。そして、覆い被さるような体勢になっていた上半身を起こそうとすると、不意に悠の腕が首に絡みついてきた。

「悠君？」

「行かない、で……」

驚きに目を見張り、額がつきそうな距離で悠を見ると、ぼんやりとした瞳でこちらを見ていた悠がふにゃりと無防備に笑った。

「……好き」

かすかな声が耳に届いた瞬間、悠の顔が近づき、唇に柔らかなものが触れる。

「……っ！」

直後、自分の中で、ぷつりとなにかが切れたような気がした。

「ん、んん……っ！」

触れていたそれが離れ、悠の頭が再び枕へと沈むのを追いかけるように、唇を重ねていた。

歯列の隙間から舌を押し込み、喉奥から上がる声を無視して悠の舌を探り当てると、自身のそれで搦め捕り吸い上げる。貪るような口づけにたいした抵抗もなく、気がつけば壮志は、箍《たが》が外れたように悠の唇を味わっていた。

「ふ……、……――」

唇を離すと、くたりと力の抜けた悠がベッドに沈み込んでいる。間近で見る瞳は潤んでおり、そこにある普段は見られない艶がどうしようもなく身体を疼かせた。

「……――」

酒のせいで寝ぼけている相手に、これ以上、手を出すわけにはいかない。理性を総動員するものの、ずっと求めていた相手に縋《すが》りつかれれば、自分から引き剝がすことは難しかった。

「……悠、好きだよ」

堪えていたものが溢れ出すのを感じながら、耳元に唇を寄せ祈るようにそっと囁く。願わくば、この気持ちが伝わって欲しい――そう心の中で願っていると、腕の中の悠の身体がびくりと震えた。

「……や、だ」

だが、ゆるゆるとかぶりを振った悠の小さな声に、ぎくりとする。耳元に寄せていた顔を上げると、そこには今にも泣きそうな悠の表情があった。

「悠……？」

優しく呼びかけ、頬に手を当てると、すりと顔を手に寄せてくる。言葉と、態度や表情の違いに違和感を覚えていると、悠が目を伏せたままもう一度「やだ……」と囁くような声で告げた。

「なにが、嫌？」

目を開けていられなくなってきたのか、そのまま目を閉じた悠が続ける。

「……恋人に、なったら……――、なくな、る、……」

そのまま、すうと静かに眠る悠の姿に目を細める。

――恋人になったら、いなくなるから。

確かに、悠はそう言った。どういうことだろうかと思いながら、そっと溜息をつく。そして、中途半端な状態となった――けれど、隠しきれない自身の情欲を逃すように息を吐いた。

これ以上は、誤魔化せない。

数年前から、悠が二十歳になったら、自分の気持ちを――好きだということを伝えようと思っていた。とはいえ、それより前に悠の祖母の病気が見つかったため、悠が就職し独り立ちするまで待とうと見送ったのだ。

万が一の時、悠が困るような状況は作りたくなかった。自分はどうとでもなるが、悠の祖母のことも気にかかっていたし、学生である悠に精神的な負担をかけたくはなかった。

それに、悠にただ単に『好きだ』と伝えても逃げてしまうだろうという、漠然としつつもなぜか強い予感があったのだ。

悠は元々、恋愛に関してかなり消極的だった。それについては、母親の存在が強く影響しているのだろう。自分と恋愛は、関係がない。いや、むしろ——したくないとすら思っている節があった。

『いないよ、好きな人なんて』

ここを訪れた友人の水原《みずはら》が水を向けると、いつもそう言って苦笑していたのだ。

恋愛とか、よくわからない。そうやって答えを避けていた悠が、一度だけ、壮志の作品について話していた時に、無意識の考えが口からでたようにぼんやりと呟いたのだ。

『……恋人になるの、怖くなかったのかな』

そう言った悠は、すぐに笑って誤魔化していた。だがあれは、悠の中に常にある不安だったのだと、今ようやくわかった。

悠が、自分のことを家族のように慕ってくれているのは確かだ。自分が好きだと言っても、今まで通り、兄弟のような愛情からだと受け取るだろう。

だがもしも、恋愛としての好きだとわかったら。恐らく——いや、確実に尻込みするだろう。そして、その後の反応が壮志にも読み切れなかった。下手《へた》をすれば、悠の心を深く傷つけた上に逃げられてしまう。

（これに関しては、あの人の影響力が腹立たしいほどだな）

そこに思い至り、壮志はこれ以上なく深い溜息をつく。

予想外の展開でつい箍が外れてしまったが、これからどうするか思案する。

悠が、覚えているか——覚えていないか。

半分以上、眠っているようなものだった。確率としては、半々だろう。

ひとまず、起きてからの悠の様子を見て決めるか。そう心の中で独りごち、再び机に向かう。だが、不意に蘇る口づけの甘さに身体が反応してしまいそうになり、自身の欲に正直な身体に再び溜息が漏れた。

悠が、欲しい。あの細い身体を余すところなく味わい、その奥深くに自身を刻みつけて縛りつけてしまいたい。

弟のような存在だった相手に気持ちが向かっていると自覚した頃から、心の奥底にはいつもそんな欲求があった。自分でもどうかしていると思うほどの、衝動。誰かに対して、これほど自分の中の感情が動くことは、今まで一度もなかった。

悠、だけなのだ。心の底から欲しいと思った存在は。

（ごめんね。どうしても、逃がしてあげられそうもない……）

たった一度の口づけで、自覚してしまった。

もちろん、悠を傷つける気はない。本当に、心の底から拒絶されたら、自身の気持ちをねじ伏せてでも離れる覚悟はある。自分の欲のために悠の心を傷つけてしまえば、自分自身が許せなくなるだろうから。

けれど、そんな状況に陥るつもりも当然なかった。これだけ長い時間をかけて、信頼関係を築いてきたのだ。今は限りなく家族に近い幼馴染みという形のそれを、恋人にするために、言葉より先に行動で示していけばいいだけのことだ。

どこまで、悠が受け入れられるか。いや、受け入れるほかなくなるように、ぐずぐずに甘やかして自分でなければ駄目だと思わせてしまえばいい。

そんな不穏な思考を巡らせながら、壮志は、穏やかに眠る悠の寝顔をじっと見つめていた。


そして、翌日。気がつけば机の上に突っ伏して眠っていた壮志の身体には、タオルケットがかけられていた。ベッドはもぬけの殻で、悠がかけていってくれたことはすぐにわかった。

「寝過ごしたか……」

結局明け方まで作業をして、いつの間にか眠ってしまっていたらしい。家の中の静かな気配に、どうやら悠はすでに大学へ行ってしまったようだと察する。

そうしていつも通り夕方まで過ごし、大学から帰ってきた悠にも変わった様子はなく、これは覚えていない方かと内心で苦笑した。

それならそれで、あえて壮志の方から話を蒸し返す必要はないだろう。ただし、これまでよりもわかりやすく態度に出して悠を甘やかし、タイミングを見計らって自身の気持ちを伝える方針を変える気はない。

だが、状況が変わったのはその日の夜だった。

仕事部屋に籠もっていた壮志のもとに、悠が訪れたのだ。そのどこか落ち着かない表情と態度に、もしかして、という可能性が頭の中を過る。

「壮志さん、昨日は……ごめんなさい」

部屋の入口近くに立ち、俯いたまま小さく呟いた悠に、壮志は表情と態度を変えないまま首を傾げる。おいで、と手招くと素直に近づいてきた。

掌を上に向けて差し出すと、少し迷うようにそこに手を乗せてくる。手を取ったまま立ち上がり、ベッドの端に並んで座るのにも逆らわず、その無防備さに内心で苦笑した。

(昨日、自分がなにをされたのかも覚えていそうなのに……)

そんな呟きは心の中に押し込めたまま、逃がさないように指を絡めて手を握り直した。ぴくりと握った手が震え、だが、振りほどかれないことに安堵する。

「……覚えてるの？」

静かに問い掛けると、頬を赤くし迷うように視線を彷徨《さまよ》わせた後、こくりと頷いた。

「と、途中までだけど……。変なこと言って……、あんな……」

今なら、もう一度――今度は正しく伝えられるかもしれない。悠の様子に背中を押されるように、握った手に力を込めて口を開く。

「悠君、俺は……」

「……ちょ、ちょっと寝ぼけてて！　夢だと思って、間違ったっていうか……っ！」

だが、被せるように続けられた声に、ぴたりと動きが止まる。

「間違い？」

「そ、そう！　壮志さんじゃなくて……」

焦ったようにそう続けた悠の言葉に、考えるよりも先に身体が動いていた。握っていた手を解き、悠の両肩を摑むと、こちらを向けて額がつきそうなほどの距離で顔を覗き込む。

「誰と？」

「……え？」

真《ま》っ直《す》ぐ、射貫《いぬ》くように見つめると、悠の声が上擦る。そのまま両肩を摑んだ手で押すと、驚いたような表情とともに悠がベッドの上に仰向けに倒れた。

「そ、壮志さん⁉」

「誰と間違えたか、教えて？」

「そ、れは……」

上から覆い被さるように顔を近づけて問うと、顔を背けて視線を逸らした悠が言葉を濁らせた。自分が、悠の言葉に予想以上に動揺していることを自覚し、肩を押さえつけている手から逃げ出せない程度の力は残しつつ、意識的に力を抜く。

「俺の知ってる人かな。大学の子？　まさか……水原、とか……？」

「え？　紀兄？　いや、違うけど……」

壮志が知る限り、悠が自分以外に同じくらい心を許しているであろう身近な相手——壮志の古くからの友人であり、悠の幼馴染みである男の名前に、一瞬、きょとんとした顔をこちらに向けた悠が慌ててかぶりを振る。誤魔化しているようには見えないその様子に胸を撫で下ろしながら、だが湧き上がった嫉妬心を消せないまま、言葉を続けた。

「好きだって、言ってたよね」

「……っ！」

その一言に、掌の下にある身体がかすかに震える。顔を背けることも忘れ、壮志を凝視していた悠が、ゆるゆると瞼を伏せた。

「好きな人が、いるのかな」

ともすれば、きつく問いつめてしまいそうになる自分をどうにか抑える。そんな資格は、今の自分にはない。だが、自分ではない『誰か』を好きだというなら、それを放置することはできなかった。

「……――そう、だよ」

長い沈黙の後、伏せた瞼を軽く震わせ躊躇いながら言った悠の一言に、一瞬、目の前が真っ赤になる。

衝動のまま悠に手を伸ばそうとする自身を、奥歯を噛みしめることでどうにか堪えた。このまま悠に触れてしまえば、確実に傷つけてしまう。それだけは、絶対にしてはならない。

その一心で、落ち着こうとどうにか息を吐き出した。

「……そう。ねえ、悠君」

「……な、に？」

するりと悠の頬を撫で、傷つけないようにそっと顎《あご》に手をかける。動揺に瞳を揺らしこちらに視線を向けた悠の顔を見つめながら、ゆっくりと顔を近づけた。

「……っ⁉」

柔らかく唇を重ね、そっと外す。目を細めて見遣ると、限界まで目を見開き――顔を真っ赤にした悠の姿がある。そこに嫌悪を見つけられなかったことに背中を押され、再びゆっくりと唇を合わせた。

「……ん、ん」

先ほどより深くなった口づけに、悠が喉奥で声を上げる。幾度か角度を変えて口づけ、下唇を軽く噛みかすかな音をたててキスを解く頃、悠は壮志の浴衣を縋るように摑んでいた。

「……な、んで……、こんな」

震える声に、こつんと額を合わせて囁く。

「昨夜、こうやってキスしたことも、忘れた？」

「……っ！」

咄嗟《とっさ》に身を固くした悠が、壮志の腕の中から抜け出ようとする。だがそれを片腕で腰を軽く抱くことで押さえた。

「落ち着いて。……絶対に嫌だと思うなら、突き飛ばして。これ以上はしないから」

耳元に顔を寄せ囁くと、ぴたりと悠の抵抗が止まる。

「……キス、嫌だった？」

続けて問うが、悠は身体を強張らせたままなにも答えない。かといって壮志が怖いと思っているふうでもなく、浴衣を摑む手はそのままだった。

悠のことが、好きだ。もう一度、そう告げようか。一瞬の迷いを、だが、壮志はすぐに自身の中で却下する。今この状態で言っても、多分悠は信じない――いや、信じようとしないだろう。そんな確信があった。

（なら、先に身体に刻むか……）

どのみち、悠を誰かの手に渡す気はない。悠自身が嫌がらないのなら、この身に自分を刻み込み、言葉よりも先に身体と心を『恋人』という関係に引きずり込んでしまえ。そう心の中で決め、一度身体を離した壮志は、悠の頬を親指の腹で優しく撫でた。

悠の言う『好きな人』が、誰かはわからない。壮志以外の誰かかもしれないし――自分に対する気持ちを、咄嗟に誤魔化してしまっただけかもしれない。そうであればいいと祈りつつ、今はまだ、これ以上追い詰めることはしないでおこうと目を細めた。

「……嫌じゃないなら。お酒以外に眠れるようになる方法、教えてあげようか」

「え？」

唐突に言われたことが理解できなかったのか、掠れた声とともに悠が顔を上げる。上気した顔と、涙の滲んだ瞳。なんとも思っていない相手の腕の中で、こんな顔をするだろうか。冷静な部分でそう考え、勝算はあるかもしれないと判断した。

逃がさない。

自分の中にある、激しい執着。他のものには一切向かなかったそれが、悠に対しては抑えきれないほどで、表情には出さないまま自嘲した。

「男同士でも、気持ち良くなることはできるんだよ。……なにも考えずに、眠らせてあげる」

「壮志、さん……？」

戸惑いと、怯え。細く、頼りなげな悠の声に引き寄せられるように顔を寄せた壮志は、かすかに震える唇を、自らのそれでそっと塞いだ。

柔らかな肌に、緩やかに指を這《は》わせる。

触れる度に、全てを貪り尽くしてしまいたい衝動に駆られながら、それを必死に抑えて腕の中の華奢な体軀に快感だけを刻み込んでいく。

さらりと乾いた肌が、やがてしっとりと潤んでいくのを掌で感じ、壮志は震える悠のものに触れて優しく——けれど容赦なく何度も追い上げていった。

「や、もう……」

「……もう少し頑張って」

涙の滲んだ声で訴える悠に、優しく告げる。だがその内容は決して優しいものではなく、腕の中の悠は、限界を訴えるようにかぶりを振った。

着ていたパジャマを全て脱がせ一糸まとわぬ姿で横たえた悠の身体を、壮志は背後から抱きしめるようにしていた。壮志の手によってあらゆる場所を掌と舌で弄られながら中心を扱かれ、時間をかけてすでに三度は達している悠は、肌に触れる壮志の浴衣にすら反応するほど敏感になっている。

濡れそぼった悠の中心から手を離した壮志は、横たえていた悠の身体を俯《うつぶ》せにすると、腰だけを引き上げる。え、といつもより鈍い、けれど戸惑ったような反応が返ってくると同時に、壮志は目の前にある双丘を割り開き、そこにある小さな蕾《つぼみ》を濡れた指でそっと撫でた。先ほど受け止めた悠のものを塗り込むように、浅い場所に指を埋める。

「……っ！」

びくり、と背中が震え、触れていた蕾に力が入った。

「痛くはしない。触るだけだよ」

宥《なだ》めるように背後から首筋に口づけを落とすと、そのままゆっくりと背中に唇を寄せる。時折、小さな赤い痕を残していくと、悠の身体から少しだけ力が抜けた。同時に、浅い場所を撫でるようにしていた指を、さらに中へと押し入れていく。

「……、そうし、さん……っ」

心細そうな声に、大丈夫、と声をかけゆっくりと濡れた指を中へ入れていく。悠の身体を傷つけないよう慎重に、内壁を擦りながら後ろを解《ほぐ》していった。

強張っていた身体から少しずつ力が抜けていくのに合わせ、指がさらに奥へと向かう。そうして時間をかけて指を一本挿入したところで、一度動きを止めた。きちんと準備ができていない状態では、このくらいが限界だろう。そう思い、ゆっくりと指を動かしていく。

「あ、や……。なんか、変……」

指を締め付けていた後ろが、内壁を擦ると同時にうずうずと蠢《うごめ》き始める。

「変じゃないから、大丈夫。……気持ち良くなるところがあったら、教えて」

唆《そそのか》すようにそう囁きながら、さらに指を動かす。そうしながら悠の前に再び手を添えると、達して萎えていたそこが、再び勃ち上がり始めている。

後ろに挿入した指の動きと合わせるように前を扱くと、悠の口からかすかな嬌声が零れ始めた。シーツを握りしめ、自分でも気がつかないまま、壮志の手に前を擦りつけるように腰が動いている。

「あ……っ！」

そして指が内壁のある一点を擦った瞬間、悠の全身がびくりと震えた。奥に咥えた指をぎゅっと締め付けるように後ろに力が入り、壮志は口元だけで微笑む。

「……ここ、かな」

そう言って、悠が反応を示した場所を再びそっと――けれど、先ほどより強く擦る。

「……――っ！」

同時に、衝撃に声も出せない様子で背筋を反らした悠が息を詰める。握っていた悠のものが完全に勃ち上がり、先走りを零し始めた。素直な反応に目を細め、壮志はさらに追い上げるように指を動かす。

「や、待って、やだ……っ！」

指一本ながら感じる場所を続けて擦られ、悠の腰が揺れ始める。その様子に、悠の前を扱いていた手で、根元を締め付けるようにしてせき止めた。

「……っ！」
「ちょっとだけ我慢して。……そしたら、もっと気持ち良くなるから」
どうして、と言いたげな悠の気配に、宥めるように呟く。そうして、悠のものを戒めたま
ま、再び指で感じる場所を擦る。
「あ、ああ……っ！」
たらたらと先走りを零しながら、悠がもどかしげに腰を揺らす。その扇情的な姿に、自身
のものが張り詰めるのを感じ、理性を総動員して欲望を抑えつけた。自身の欲を悠に刻むの
は、悠が自分を受け入れてくれてからだ。そう言い聞かせ、その代わりにと悠に快楽を教え
込んでいく。
過ぎた快楽は、苦痛になる。そのうちに、そのぎりぎりのところまで悠を鳴かせてみたい。
そんなほの暗い欲望を滲ませながら、壮志はゆっくりと――そして執拗《しつよう》に、悠が感じる場所
を責め続けた。
「も、やだ、やあ……っ！」
後ろを弄る指を必死に締め付け、悠が身悶える。その声には涙が混じり、身体に溜まった
熱を解放してしまいたいと訴えていた。
この身体を、自分の熱で貫きたい。悠に気づかれないよう、熱の籠もった息をこくりと飲
み込むと、壮志は悠に小さな声で問い掛けた。

「悠、俺の恋人になるのは、嫌……？」

「や……」

聞こえているのか、いないのか。先ほどよりも強くかぶりを振った悠は、やだ、と上擦った声で再び呟く。身体に渦巻く快感に半ば意識が飛びかけているのか、どこかぼんやりとした声で続ける。

「……いなく、なったら、いや……」

先ほどよりも強くなった涙の気配に、ふっと眉を顰《ひそ》める。恋人になったら、いなくなる。悠は、そう言っているのだ。

「……俺は、ずっとここにいるよ？」

「や、ああ——……っ、うそ……」

かり、と思わず指先で内壁をひっかくと、悠が背中をしならせびくびくと全身を震わせる。それでも達することのできない状態に、指が白くなるほどシーツを握りしめていた。

「や、こわい、よ……。そう、し、さん……」

震える声で呟いた悠に、壮志はくっと息を詰める。

「……怖くない。ほら、後は気持ちいいだけだから」

優しく囁くと、悠の根元を締め付けていた指を解く。そうして後ろを弄りながら促すように扱くと、悠がそれに合わせるようにがくがくと激しく腰を揺らした。

「あ、あ、ああああ……っ！」

亀頭を指先で擦ると、ぎゅうっと後ろを締め付け悠が放埒《ほうらつ》を迎える。幾度かに分けて吐精を繰り返すと、不意に、かくりと全身から力が抜けた。

「……っと」

悠の身体を支え、後ろから指を引き抜く。そうして濡れそぼった身体をベッドに横たえると、ふ、と肩の力を抜いた。

「……怖い、か」

あれは、どっちのことだろうか。そう思いながら、壮志は悠の傍らに腰を下ろすと、疲れから眠りに落ちてしまった悠の涙に濡れた寝顔をじっと見つめる。

恋人になったら、いなくなる。それは、幾度も恋人を変えている母親から刷り込まれた、悠にとっての真実なのかもしれない。そのせいで、恋人という関係性自体に、忌避感や恐怖を持っているのだとすれば。

「言葉で繋ぐのは、逆効果、か……」

自分の気持ちを伝えて、家族のような存在ではなく——恋人としてずっと傍にいてくれるように願う。いずれ悠の気持ちが落ち着いたらそうしようと思っていたが、やはり、やり方を変えなければいけないようだ。

しばらくは、ただひたすら『恋人』同然に甘やかして、自分がどこにも行かないことを

――そして、壮志自身を、そうすることが当たり前の存在なのだと教え込んでいこう。

「どこにも行かせないし、行かないよ、悠……」

汗で濡れた髪に口づけを落とし、壮志は蜜のような――けれど毒のような、とろりとした甘さの滲む声でそう呟いた。

◇◇◇

「うーん、次はこれかなあ」

のんびりとした壮志の声と、その手にある着物に、悠は思わず頬を引きつらせた。

年が明け、一ヶ月ほどが経った頃。居間と続きの座敷の襖を開け放した広々とした空間の中には、所狭しと色とりどりの衣装が並べられている。

隣の座敷の壁際には、襖が見えないよう、悠の身長より高い場所から白い布が垂れ下げられており、その前に、カメラを持った男が面白がるような表情で立っていた。

そして、たった今までその白い布の前に立っていた悠は、普段は絶対に着ないようなデザインの服――白の華やかな印象のデザインシャツに、ゴシック調のジャケット、それに合わせたパンツ、編み上げのブーツといった、黒と白を基調としたものを身に着けていた。

腕や胸元には服に合わせたアクセサリーがつけられ、髪型もセットされている。

暖かな陽光が庭に面した窓から差し込み、気持ち良くお茶が飲めそうなのどかな日本家屋の中で、悠の格好はひどく浮いていた。

そして、居間の方で正座し、真剣な表情で周囲に並べられた衣装を見ながら、そのうちの一つを手にしたのが壮志だった。選ぶだけなら、まだいい。だが、その手にしたものの用途が問題なのだ。

「いや、ちょっと待って壮志さん。それ……」

「ほのかちゃん、これできる？」

咄嗟に止めようとした悠の言葉に被せるように、壮志が近づいてきた小柄な女性にその着物を見せた。

「大丈夫ですよー。できないものも、悠君に似合わないものも、持ってきてないから！」

自信満々に胸を張った女性――ほのかの姿に、これはなにを言っても無駄だとがっくりと肩を落とす。

「悠、諦めろ。いつものことだ」

笑いながらそう言うのは、カメラを持った長身の男性――悠の幼馴染みである水原紀行《のりゆき》だ。

壮志と同じくらいの長身だが、壮志よりも肩幅があるため大柄に見える。スーツを着て髪を整えれば、有能そうな社長といった見た目になるのだが、今のようにシャツにジーンズというラフな格好だと、途端に近所の気の良い兄ちゃんといった雰囲気になってしまうのだ。

水原はモデル事務所を経営しており、かつ業務委託という形で、壮志のマネジメント及び事務処理を請け負っている。事務処理の実務は、壮志とも面識のあるモデル事務所のスタッフが担当しているが、スケジュール調整や契約に関する交渉、営業などは、水原が行っているのだ。

数年前——小説家としての仕事だけの時は、それら全てを壮志自身でやっていたのだが、脚本関係や、細々とした仕事が入ってくるにつれ、手が回らなくなったらしい。今では、細かい交渉が面倒だと、作品に関する担当者とのやりとりを除いて、水原に丸投げしていた。

壮志と同じ三十二歳の若さで会社経営を行っているのは、家業ゆえだろう。

水原の両親は、ともにそれぞれ別の芸能事務所を経営している。水原は、そのどちらかを継ぐのかと思っていたが、数年間、母親の事務所で働いた後、自身でモデル事務所を立ち上げたのだ。もちろん人材や人脈などはそう簡単に手に入るものではなく、起業時の所属モデルは、母親の事務所にいたモデル達だった。

とはいえ、それから着実に事業拡大しており、今ではそれなりに有名なモデルや注目の新人女優なども所属している。ただ、さほど人数は多くなく、少数精鋭といった印象だ。

「紀兄……。他人事だと思って……」

恨めしそうに見遣ると、まあ、他人事だしな、と涼しい声が返ってきた。

「よし、じゃあ小物はこれでオッケーね。悠君、こっちおいでー」

着物に合わせる帯や小物を選んでいた壮志とほのかが、同時にこちらを見る。にこやかに手招かれ、嫌な顔を隠さずに悠はそちらへ足を向けた。

「まあ、断らない時点でお前の負けだ。諦めろ」

笑いながらの声が背後から投げかけられ、ぎろりと後ろを睨む。そんな悠の腕を掴んだほのかが、急いで、と悠を衣装を置いていない一角に連れて行った。

「ほのかさん……。なんで、これ持ってきたの……」

今更だけど、と心の中で思いつつ着ている服を脱ぎそう言うと、不思議そうにほのかが首を傾げた。

「似合うと思ったから」

「……そう、ですか」

当たり前のように言われ、がっくりと肩を落とす。目の前に広げられた着物は、大柄の椿《つばき》が描かれた華やかな――振袖だった。

「女物だよね……」

「振袖だからね。今更でしょう？」

笑いながらそう言うほのかに、まあそうだけど、と返すしかない自分が悲しかった。

そんなやりとりをしながら、ほのかに手早く着物を着付けられていく。

一体なにをしているのか、と言われれば、壮志の仕事の手伝い……としか、言いようがなかった。

衣装提供者は水原と、水原の母親。そして、今着物を着付けてくれているほのかは、水原の従姉妹《いとこ》でスタイリストをしているのだ。その腕は確かで、メイクなども幅広くこなす。

この遊びだかか仕事だかわからない、ファッションショーのような着替えが始まったのは、悠が高校生の頃だった。壮志が、自身が書く小説の中のキャラクターのビジュアルイメージが決まらない、と言った軽い一言に水原が悪乗りした結果だった。

なら、悠にイメージに近い格好をさせてみればいいじゃないか。そう言った数日後には、衣装一式とスタイリストとともに水原がやってきた。ごくまれに、これに水原の母親が加わってしまう。

ちなみに、スタイリストの派遣報酬は壮志から出ているそうだが、衣装提供の報酬は金銭ではなく物々交換でと水原の母親から言われている。

要するに、貸し出された衣装を着た悠の写真だった。

どこにも出さない、という約束で頷いたものの、どうにも釈然としない。約束が守られること自体は、相手が水原の母親である以上、信頼している。悠の不利益になるようなことは絶対にしないと信じているから承諾したのだが。

水原の母親は、悠の母親の古くからの友人でもある。親戚《しんせき》のような人でもあるため、楽しそうに頼まれると弱かった。

「よし、できた。完璧！」

ぼんやりとしていると、いつの間にか着つけが終わっていた。そしてそのまま座らされると、黒い長髪のウィッグが被せられ、手早く髪が結われていく。

「ほのかさん。ほぼほぼ遊びなのに、その情熱はどこから出てくるの……」

「素材がいいからね！　なにしても似合うし、色々試せて楽しいわよ」

「……実験素材」

「やだなあ。元が良くないとこうはならないんだから、胸張って」

「これが似合っても、別に嬉しくはないかなあ……」

地の底にめり込みそうなほど深い溜息をつき、はい完成、と両肩を後ろから叩かれる。

「ほっとんど化粧なしでこの出来映えって、恐ろしいわあ」

「おー、化けたな」

「悠君、実は女の子……」

「壮志さん、それ以上言ったら夕飯抜き」

ほのかと水原、壮志の順に呟く声に、悠は壮志の言葉を遮って目を眇める。途端に口を閉ざした壮志に、やれやれと溜息をつき、水原の方を向いた。

「紀兄、撮るならさっさと撮ってよ」

「おー、了解。壮志、撮ったら早々に脱ぎそうだから、考えるなら今のうちだぞ」

白い布の前にむすっとした表情で立つと、水原が笑いながら写真を撮り始める。

「笑ってみ？」

「無理」

「じゃあ、こっち睨んで」

そう言われ、じろりとカメラを睨めば、それでいいと楽しげな声で写真を撮られた。

水原は昔から写真が趣味だったらしく、プロには及ばないまでも腕前は相当なものらしい。

悠にはその技術力があまりよくわからないが、水原の撮る写真は好きだった。

「あー……、うん、いいかも」

そんな悠の表情を見ながら、壮志がぽつりと呟く。その目は、悠を見ているようで見ていない。恐らく、頭の中でキャラクターを作り上げているのだろう。

面白がっているようで真剣な壮志の表情に、つい見入ってしまう。ぼんやりとした表情をしてしまっていたのに気づいたのは、カシャリと最後のシャッター音がして水原に声をかけられてからだった。

「よし、終わり。壮志、どうだ？」

「……うん、うん。大丈夫」

考え込むようにしていた壮志が、ふと顔を上げて頷く。こちらを向くのに合わせて壮志の前まで行くと、お淑《しと》やかさとは無縁の状態で胸を張り腰に手を当てて目を眇めた。

「もう脱ぐよ？」

「うん。……もったいないけど、仕方がない。綺麗《きれい》だよ、悠君」

嬉しそうにふわりと笑った壮志が、悠の頰にするりと指を滑らせ、ウィッグを被った頭を撫でてくる。どきりとしつつも、ばれないようにあえて嫌そうな表情を作った。

「これが似合っても嬉しくないよ。仕事が進みそうなら、まあいいけど」

「ふふ。優しいよね、悠君。大好き」

そう言いながら腕の中に抱き込まれ、可愛いなあと頭に頰ずりされる。触れ合った場所からどきどきする胸の音を聞かれてしまいそうで、壮志の胸に両手を当てて押し返した。

「はいはい。ご機嫌取りは別にいいから」

「えー、本気なのに」

「いい年した大人が、えー、とか言わない」

羞恥を隠すようにわざとぞんざいにあしらい、心の中で溜息をつく。幼い頃から変わらない壮志の態度や言葉に、たいした意味はない。そう思うのに、意識してしまう自分が嫌だった。ひっそりと落ち込み、だがそんなことはおくびにも出さず、部屋の隅で衣装を片付け始めていたほのかの方へ向かう。

「ほのかさん。ごめん、脱ぐの手伝って」

一人で脱いだら、どこか破きそう。眉を下げてそう言った悠に、ほのかが笑いながら手を貸してくれる。

そうして悠が普段着に着替えていると、広げた衣装が三人の手でてきぱきと片付けられていく。汚れないようにカバーをかけていくのを手伝うと、ほのかが車に衣装を運んでいった。

「うーん。ごめん、やっぱりちょっとメモしてくる。すぐ戻るから」

そんな中、いつものようにそう言った壮志が仕事部屋へ引き上げていく。悠は、台所でお茶の支度《したく》をすると、四人分の湯呑《ゆの》みと急須、そして卓上ポットをお盆に載せて居間に戻った。

ひとまず、悠と居間に残った水原の分だけお茶を淹れて座卓に置くと、向かい合って座る。

「で、大学の方はどうなんだ？」

お茶を飲んで一息ついたところで、水原が聞いてくる。

「そっちは問題なし、かな。卒論も提出してオッケー出たし。授業もないから、卒業式まではのんびりだよ。仕事も当面はここから通う予定だし。……直前で、内定取り消しとかにならなければ」

「まあ、そん時は、そんな会社に行かなくて済んだと思え。仕事なら山ほどあるぞ」

「……モデルはやらないよ」

ぼそりと呟くと、水原が肩を竦める。

「おふくろのとこだと問答無用でモデル部門に放り込まれるだろうが、うちは事務仕事でも人手は欲しいから雇えるぞ。お前なら、壮志の事務関係任せられるしな」

「壮志さんとこの仕事は、ちょっと……」

やりたくない、とまでは言えず、言葉を濁す。

「別に、うちに雇われたからって、ちゃんと働いて給料もらうんだから、自立してることには変わりないだろ。なんでそう頑《かたく》ななかなあ」

呆れたような水原の声に、それはそうだけど、とぼそぼそと反論する。

「……紀兄とか壮志さん関係だと、なんかこう、仕事としてきちんとしてても、今までの延長でお手伝いって感じしかしないんだよ。ちょっとしたアルバイトならともかく」

恐らく、周囲もそういったふうにしか見ないだろう。それに、水原や壮志に甘やかされている自覚はあるため、余計に自立できない気がするのだ。

「そうかあ？　そんなのは自分の気持ち次第だろ。お前がきっちり仕事するのはうちの事務所の連中全員わかってるしな。……ところで、壮志のやつとはどうなってんだ？」

「……っ！」

さらっと世間話の続きのように問われ、咄嗟に飲んでいたお茶を吹き出しそうになる。慌てて口元を手で押さえ、どうにか口の中に入れたお茶を飲み下すと、水原を睨みつけた。

「い、きなり、変なこと言わないでよ、紀兄！」

「変なことって、別に普通だろ。お前、なんにも言ってないのか？」

「なんにもって、別に、なにも言うことは……」

「馬ぁ鹿、お前が壮志のこと好きなのは、見てりゃわかるんだよ」

やれやれ、と言いながらお茶を飲む水原に、え、と悠は目を見開く。

「え、なにそれ。まさか壮志さんも……」

「さあな。そりゃ、壮志のやつに聞かないとわからねえけど。俺は、単に傍《はた》から見てるから気がついただけだしな」

「……――」

思わず肯定するようなことを言ってしまったことに気づき、口を噤《つぐ》む。そんな悠の様子に苦笑した水原が、こつんと指の背で軽く頭を叩いてきた。

「就職したら、今みたいに一緒にいるわけにはいかなくなる。働き始めたら、時間なんかあっという間に経っちまうぞ」

「……それは」

「あいつだって、いつまでも今の状態じゃない。お前だって、働き始めてここが不便になったら、引っ越さなきゃならん可能性もある。先延ばししてたって、いいことはないぞ」

それは、正論なのだろう。そう思い、なにも言えないまま俯いた悠に、水原が言葉を続ける。

「好きなら好きって、言えばいいだろう。別に、壮志がどう思ってたって、言うだけならタダだ」

「でも……」

だけど、それで万一恋人になどなれてしまったらどうするのか。そんな不安定で儚い関係よりも、今のままの方が、まだ一緒にいられるような気がするのだ。

心の中でそう呟いた悠の心を読んだように、水原が言葉を挟んだ。

「お前はお前、……――母親は、母親だ。そこを間違えるな」

その言葉に、知らず、びくりと肩が跳ねる。わかっている。そう答えようとしても、言葉が出てこなかった。

水沢志織《みずさわしおり》――本名、深澤佐緒里《さおり》。それが、悠の母親の名前だ。水沢志織は、母親の芸名。女優としての名前だった。

十六歳の頃にデビューした母親は、四十代後半となった今では、多くの人々がその名を知る有名女優となっている。また同時に、恋多き女性としても有名なのだ。

悠の母親は、二十代の頃、一般人であった夫と結婚したものの、悠が生まれて間もなく夫を事故で亡くしてしまった。それ以降、ずっと独身を貫いており、三十代の頃から途切れることなく恋人を作っている。

とはいえ、不倫でもなく、普通に独身の相手と付き合っているだけのため、恋人が変わった頃に週刊誌やワイドショーが多少なりとも騒ぐという程度だった。

それでも悠が幼い頃は、どこからか悠の存在を嗅ぎつけたマスコミが押しかけたり、通っていた学校で噂《うわさ》になったりと、あまり良い思い出がない。母親が結婚していたこと自体は、当時公式に発表したため、一般にも知られている。ただ夫や悠の存在については、母親の事務所や親友である水原の母親、そしてその夫が手を回してくれ、一般人だからという理由で報道を抑えてくれたため、悠の父親が亡くなった時もさほど大きな騒動にはならずにすんだそうだ。

悠の出産と夫の死が重なり、当時、母親は二年近く休養と称して仕事をかなり制限していたそうだ。全くしていなかったわけではないが、あらかじめ受けていた映画の撮影など、どうしても外せないものだけに絞っていたらしい。

そうして、物心つく頃まで、悠は時折祖父母に預けられながらも母親と二人で暮らしていた。

『――恋は、いつか終わるものだから』

今でも、そう寂しげに言っていた母親の横顔が目に浮かぶ。

あれは、何歳の頃だっただろうか。薄ぼんやりとした記憶ではあるが、悠が、自分にはお父さんがいないのか、と聞いたのだ。

母親は、悠の頭を撫でながら、いつも通りにこりと笑って「いないわよ」と言った。

その後、なにを聞いたのか。それは忘れてしまった。

ただ、母親から返ってきた答えが、先ほどの言葉だったのだ。

そして次に覚えているのは、その日の夜に見た、母親が静かに泣く姿。夜中にふと目が覚めてしまった時、すぐ近くで寝ているはずの母親の姿がなかった。暗い部屋に一人でいるのが怖くて、母親の姿を探して部屋を出ると、リビングで母親が静かに泣いていたのだ。

あの時、子供ながらに声をかけてはいけないのだと思った。

自分が、父親のことを聞いてしまったからだ。どうしてそう思ったかはわからないが、多分、悠の前で決して涙を見せなかった母親の姿に驚いたのだろう。

父親のことは、聞いてはいけないこと。その時、そう悠の中に強く刻まれた。

それから間もなく、母親が本格的に仕事に復帰するのと同時に、悠は祖父母に預けられる時間の方が長くなった。そして六歳になった頃から、本格的に祖父母の家に住むようになり、母親は時折姿を見せるだけになったのだ。

恋は、いつか終わるもの。それは、今の母親の生き方そのもののような気がした。恋人ができても、数ヶ月、もしくは数年経つと相手が他の人に変わっている。たった一人を選ぶことがないのは、心の奥底にそんな諦めが常にあるからなのではないだろうか。今では、そう思えてならない。軽やかに、そして寂しそうに。そんな生き方をしている人だと、悠は思っている。

（もちろん、女優としてのあの人は全く違うけど……）

妖艶な演技派女優として名高い母親は、見る作品によって驚くほど印象が違う。さほど積極的に見ているわけではないが、祖父母に付き合って時々見ていたのだ。

悠の恋愛観には、母親の影響が色濃く反映されている。恋人になったら、いつか別れてしまう。どちらかの熱が冷めたら終わり。そんな、ひどく心許ない関係。そう思うと、その関係になること自体に二の足を踏んでしまうのだ。

だからこそ、悠は、好きな人――壮志とは、恋人ではなく今の家族に近い間柄の方がいいのではないかと、そう思えて仕方がない。

それに、好きだと言っても、壮志が受け入れてくれるかどうかはわからない。なにせ、悠は同性だ。壮志が、昔、女性と付き合っていたことを知っている身としては、上手《うま》くいかないと思う方が当然だった。

そうなれば、言った瞬間、今の関係すらも失ってしまうかもしれないのだ。

「壮志も壮志だが、お前も難儀な性格だよな」

溜息交じりの水原の声に、うるさいな、と返す。だが、その声に力はない。

「……全く、あいつもなにやってんだか」

「え？」

ぼそりと呟かれたそれは、だが、悠の耳にまでは届かなかった。なに、と問い返すと、なんでもないよ、とあっさり返されて終わる。

『好きだよ、悠君』

壮志から、そう言われたことがないわけじゃない。だが、何気ない時にさらりと言われるその言葉が、どういった意図のものかはわからなかった。

（逆に、あの時に言われたことがないし）

壮志にキスされ、触れられている時。時折、なにか言いたげな様子で見られていることはあるが、それだけだ。壮志が、好きだという言葉を告げることはない。身体に触れている時に言ってしまうと、悠が本気にしてしまう。そう思われているのかもしれなかった。

『あなた、壮志の下宿先の子よね。幾らお世話になっているところの子供だからって、少し壮志に頼りすぎだと思うんだけど。保護者はいるのよね？　家族ならともかく、そうじゃないのなら、壮志をもうちょっと自由にさせてあげてくれない？』

不意に、はきはきとした女性の声が脳裏に蘇り、胸が痛む。まだ、悠が小学生の頃だっただろうか。当時の壮志の彼女――らしき人に、そう言われたことがあった。

らしき人、というのは、壮志からきちんと紹介されたわけじゃなかったからだ。ただ時折、壮志が女の人と一緒に歩く姿を見かけることがあった。だから、そう言ってきた人も多分いわゆる『彼女』という存在なのだろうと思ったのだ。

あの時、壮志と自分は『家族』という関係ではないということを知った。いや、正確には、一緒に暮らしているからといって『家族』とは呼ばないのだと理解したのだ。

悠の言葉を壮志が否定しなかったのは、優しさからだった。今ならわかる。というより、幼い頃の自分が言った言葉が恥ずかしすぎて、穴があったら入りたいほどだ。

そして、壮志が女の人と一緒にいる時は、不用意に声をかけてはいけないのだと小さいながらに悟った。

（まあ、あれは単純に邪魔されて怒ってただけだろうけど。……幾ら学生っていっても、子供相手に大人げないし、どっちもどっちか）

今ならば割り切ってそう思えるが、小学生の悠にそんなことを考える頭はなかった。当時、本当の兄ができたようで嬉しくひたすら壮志の後をついて回っていたのに、それ以降の一時期、壮志から逃げ回っていたことも苦笑の浮かぶ思い出だ。

（彼女……、見なくなったのはいつからだっけ）

悠が高校に入ってしばらくして、気がついた時には女性の影をあまり見なくなっていた気がする。単純に、壮志の仕事が忙しくなって間が空いていたか、悠が見かけない場所で会っていたのかもしれないが。

どちらにせよ、あの時のことを思えば、壮志の恋愛対象は女性だろうとわかる。悠が幾ら壮志のことが好きだと思っていても、恋愛感情を抱いてもらえないのであれば、どうしようもない。

（嫌われたり、気持ち悪がられたりは、していないだろうけど）

あんなふうに悠に触れてくれるのなら、そこそこの好意はあるのだろう。壮志のように慣れていれば、気持ちが伴わなくても欲を解消することはできるのだと思う。

とはいえ、悠ではたいした相手にはなっていなそうだが……。

男同士でのやり方は、曖昧なものではあるが知っている。そんな薄ぼんやりとした知識でも、壮志が悠に対して最後までしたことがない、というのはわかる。いつも、悠をひたすら喘がせるだけで、時折自身の欲を一度放ったら終わってしまうのだ。

（あれは、そこまではしたくないってことだよな……）

互いの手を使って欲を解消する、ところまではできても、それ以上は無理だということなのだろう。そう結論を出すと、つきりと胸が痛む。

壮志の気持ちが、知りたいような——知りたくないような。

そんな不安定な気持ちのまま、悠はそっと温《ぬる》くなったお茶を口へ運ぶのだった。


「お待たせ。ごめんね、遅くなって」

「お疲れ様ー」

ほどなくして、席を外していた壮志とほのかが一緒に戻ってきた。タイミングが合ったのだろうが、それにしては、荷物を置きに行っただけのはずのほのかの戻りが遅かった気がする。そしてなにより、その手にあるものが微妙に気になった。

「ほのかさん、なに持ってるの……？」

「ん？　追加のご依頼がありましたので、もうひと仕事、ね？」

にこり、と微笑んだほのかに、背中に冷たい汗が流れる。ぎぎぎ、と音がしそうなほどぎこちなく壮志の方に顔を向ければ、こちらからも楽しそうににこりと笑みが返ってきた。

「待って、もう終わったんじゃ……」

「うん。だけど、色々考えてたら、一つ悠君にお願いしたいことができて」

「お願い……？」

嫌な予感しかしない。そう思いながら胡乱《うろん》げに目を眇めると、ほのかが座っていた悠の腕を引いた。

「はい、悠君こっち。長束さんは、お茶でも飲んでてください。すぐ終わりますから」

「え、え……？」

言いながら、先ほどまで撮影に使っていた、居間に続く和室に連れて行かれる。そうして部屋を区切る襖を閉めると、持っていた紙袋と仕事道具を床に置いたほのかが、悠の方を向いた。

「はい、じゃあ脱いで？」

とてつもなくいい笑顔は、否とは言わせない圧を孕《はら》んでおり……悠は、反論することなく渋々と着ていた服を脱いでいくのだった。

「……なんでこんなことに」

ぼそぼそと呟く悠の隣で、壮志が上機嫌な様子で足を進めている。そしてその手は、悠の手と指を絡めるように——いわゆる恋人繋ぎをしながら並んで歩くという状態で、どきどきと胸が高鳴ってしまう自分に呆れていいのか落ち込んで良いのかわからなかった。

海沿いの通りは、冬場の平日の昼下がりということもあって、人の姿はさほど多くない。海風に吹かれながら歩く道のりは、寒くはあるが、青空の広がる晴れの日で比較的暖かい。借り物の靴が傷みそうでさすがに砂浜にまでは行けないが、こうして海を眺めるのも楽しかった。

すぐに来られる距離ではあるものの、用事もなく来る場所ではないため、悠自身もこの辺りを歩くのは随分と久し振りだ。こんな状態でなければ、思う存分楽しめただろうに。壮志とこんなふうに寄り添って歩けることに嬉しさを感じつつも、それを上回る緊張感に胃が痛くなりそうだった。

今の自分達は、傍からどう見られているのだろうか。戸惑いと不安とが入り交じる中、悠が溜息を落とせば、機嫌の良さを若干収めた壮志が苦笑の滲む声で告げた。

「ごめんね、悠君。でも、ありがとう」

申し訳なさそうではあるが、やはり嬉しそうでもある。そんなに仕事で詰まっていたのだろうか。そう思いながらも、ちらりと視線を上げ壮志を軽く睨んだ。

「今日だけだからね。……なんで、こんな格好で外に出なきゃいけないんだよ。知ってる人にばれたら、一生の恥だ……」

ううう、と唸《うな》りながら、自分の姿を見る。首元のゆったりしたタートルネックのロング丈セーターに、細身のブラックジーンズを合わせ、明るいグレーのチェスターコートを羽織ったこの格好は、先ほど気合いを入れたほのかに着せられたものだ。靴も、編み上げのショートブーツを履いている。

そして肩にかかるのは、緩く巻かれた柔らかな栗色の髪。自分の髪の長さではありえないそれは、当然のことながらウィッグだ。そして顔にも、薄くだが化粧が施されている。

そうして出来上がったのは、喋《しゃべ》りさえしなければ——そして、悠のことを知っている人間でなければ、多分ばれないであろう女性の姿だった。

『よし、完璧！』

短時間で仕上げたわりに、物凄く達成感の滲む声でそう告げたほのかの姿が蘇る。その後、悠の姿を見た水原にも、これまた化けたなと散々笑われた。元々細身なのに加え、喉元と体型を見せない大きめのセーターのおかげで、悠のかろうじて男性的な部分が見事に隠されてしまっている。その上、プロの技術を持つほのかのメイクのせいで、自分でも女性にしか見えなくて困った。まあ、それでも普段通りに振る舞っていれば、ばれてしまうだろうが。

さすがにこの状態で男だとばれても困るのは自分のため、大股で歩かないようにするといった範囲で、所作にはできるだけ気をつけていた。

ちなみに、悠の服装に合わせて壮志も今は洋服姿だった。シャツの上にニットを重ね、黒のパンツを合わせた姿に、トレンチコートを羽織っている。

壮志の着物姿も好きだが、外出時にしか見られない洋服姿もここ最近では貴重なものになっており、つい視線が向いてしまう。

(そういえば、壮志さんが着物着始めたのって、じいちゃんが亡くなった頃からだよな……)

元々、呉服屋を営んでいた祖父は、常に着物を着ている人だった。壮志の着物は祖父から譲られたものが多く、壮志がそれを普段着として着始めたのが、悠の寂しさを紛らわせるためだったということに今では気がついていた。

壮志のさりげない優しさに、悠はいつも救われている。そう思いながら、壮志の姿を盗み見ていると、壮志が楽しそうに告げた。

「大丈夫。水原達くらいじゃないと、ぱっと見じゃわからないから。さっきだって、近所の人に会ったけど、俯いてたら全然ばれなかっただろう?」

「……それはそれで、なんか複雑」

「ふふ。それだけ、悠君が美人ってことだよ。俺は、いつものままの悠君でも全然構わないんだけど。さすがにそれじゃあ、悠君も落ち着かないだろうし」

こんなふうにくっついて歩くなら、この格好の方が人目も気にならないだろうから。そう言った壮志に、根本的に色々間違っていると目を眇めた。

「いや、いつものって……、それ、落ち着かないどころか無理だから。壮志さん、もう少し立場を考えて」

「ん？　俺は全然平気だよ？」

不思議そうに首を傾げた壮志に、頭痛がする。作家として大々的に顔出しをしているわけではないが、時折取材などで写真が載ることもあり、わかる人にはわかるのだ。昔モデルをしていたことも噂として出回っており、実のところ、顔出し目当てで取材を申し込んでくるところも多いという。が、作品に作者の顔は関係ないだろうという壮志の方針のもと、信頼のおける相手でない限りは断っているのだそうだ。

そんな人が男の悠と恋人のごとく手を繋いで歩いていたら、それこそ週刊誌の餌食になってしまう。

「……仕事の参考になるならいいけど、っていうか、これ本当になんかの参考になるの？」

疑問も露《あらわ》に呟けば、もちろん、とひどく嬉しそうな壮志の笑顔が返ってきた。

ほんの一時間ほど前、この姿になった悠に真剣な顔で告げてきたのは、想像もしていない内容だった。

曰《いわ》く、今書いている小説のシーンの参考にしたいから、この格好の悠と恋人として外でデートがしたい、と。

いや、無理。

咄嗟にそう一言で断じた悠は決して悪くないはずだ。家の中でのお遊びならともかく、外で悠が男とばれたらどうするのか。そう言ったものの、水原とほのかに大丈夫だと太鼓判を押されつつ説得された上、壮志がそれでは執筆が進まないかもしれないと落ち込んだ様子を見せたため、つい迷いが生まれてしまった。

『やっぱり駄目、かな……？』

そして、しゅんとした様子で——まるで犬の耳と尻尾が見えそうな気配を漂わせ、上目遣いにこちらを見る壮志を目にしてしまえば、重ねて否と言うことはできなかった。結局のところ、悠は壮志のお願いを断れたためしがないのだ。

『……——人が少ないところで、ちょっとだけなら』

『え、本当に⁉』

だが、渋々そう言った悠の言葉に返ってきたのは、驚いたような壮志の声と表情で。逆に悠の方が驚いてしまった。

もしかして、絶対頷かないと思ってからかっていただけで、了承しないでもよかったのか。

一瞬そんな疑念が過ったものの、直後、壮志がひどく嬉しそうな笑顔を見せたことでそれもすぐに霧散した。

「さっき振袖着てくれた悠君見て、これだって思ったんだよね。ほのかちゃんに相談したら、絶対似合うってはりきってくれて」

「ほのかさん……」

脳裏に蘇ったのは、帰り際のひどく満足そうな笑顔。あれは、明らかに面白がっていた。

そう思いながら溜息をつくと、ふふ、と壮志が繋いだ手に軽く力を込めて悠を引き寄せた。

「こんなふうに外でデートするのは無理かなと思ったんだけど、悠君が優しくてよかった」

「……仕事のためだから。壮志さんの本、楽しみにしてるし」

恥ずかしさから、俯き加減でぼそぼそと呟くと、ありがとうと壮志が優しい声で返してくれる。同時に、絡めた指がするりと手の甲を撫で、ぴくりと肩が震えた。先ほどまでわずかに空いていた距離が引き寄せられたことでなくなり、左腕から壮志の体温が伝わってくる。

「そういえば、着物姿の悠君見たら、初めて会った時のこと思い出したよ」

「え？」

「お祖母《ばあ》さんの手作り浴衣と兵児帯《へこおび》姿の悠君。可愛かったなあ」

しみじみと言う壮志に、悠は目を瞬かせる。壮志と初めて会ったのは、下宿の挨拶に来た時じゃなかったか。そう思っているのがわかったのか、壮志が悪戯《いたずら》っぽい笑みを浮かべた。

「覚えてないと思うけど、その何年か前に一回会ってるんだよ。水原がお祖母さんに届け物をするのに付き合った時に」

「え、嘘」

「本当。髪も肩につくくらいに伸ばしてて、浴衣に兵児帯姿だったから、最初は女の子かと思ったんだよね。水原に『幼馴染みの男の子』のことを聞いてたから、すぐに違うってわかったけど」

その時のことを思い出しているのか、小さな笑い声が上の方から落ちてくる。そして悠の方は、身に覚えがありすぎるそれに目を見開いた。小学校に上がるくらいまで、悠は祖母が作ってくれる浴衣が嬉しくて、家の中では浴衣姿で過ごしていることが多かったのだ。髪も確かに、母親の趣味で伸ばしていた。

「……全然覚えてない」

「ちょっと挨拶しただけだから、当たり前だよ。悠君、すぐに水原の後ろに隠れてたし」

「ごめん……」

すっかり忘れてしまっていることに罪悪感を覚え謝ると、ふ、と壮志が笑う気配がする。するりと握っていた手が離れると、その手が悠の肩に回された。抱き込むように身体が引き寄せられ、どきりとするのと同時に、囁くような甘い声が耳に届いた。

「謝るようなことじゃないから。……あの頃から、悠君はすっごく可愛かった」

まるで、恋人にでも告げるような声音に、心臓が跳ねる。羞恥で顔が赤くなりそうなのを俯いて誤魔化すと、離して、と訴えるように壮志の背中のコートを軽く引っ張った。

けれど、肩を抱いた手は離れていかず、身を寄せたまま歩みを進めた。

「壮志さん、ちょっと、近い……」

「恋人なら、これくらい当然じゃない？」

そう言われ、今の自分が恋人役として壮志の隣にいることを思い出し、すっと頭が冷える。楽しげな壮志の顔をちらりと見ると、溜息が零れるのを堪えた。

（壮志さん、女の人相手だとこんなふうになるのか……）

どきどきしながらも落胆する、という複雑な心境で、無意識のうちに引っ張っていた壮志のコートを握る。ふと、先ほど壮志がいつものままの悠でも構わないと言っていたのを思い出したが、そんなわけはないだろうと自嘲した。

壮志の昔の彼女の姿を思い出し、胸が痛む。今思えば、どの人も綺麗な顔立ちをしていた。高校卒業までモデルのバイトもしていたくらいだし、今も引く手数多《あまた》だろう。

（今は、いるようには見えないけど……）

さすがに、彼女がいる状態で、たとえ恋人でなくとも悠相手にああいったことをするような人ではないと、そこは信じている。多分、このままの状態が続けば、壮志が悠に触れなくなった時が、壮志に彼女ができた時となるのだろう。

「悠君、ここで少し休んで行こう」

「え？」

ぐい、と軽く肩を引かれ、はっと我に返る。いつの間にか、海沿いの通りから少し入った区画に来ており、目の前に民家と見間違えそうな小さな喫茶店があった。

壮志は躊躇いなく店の扉を開けると、悠を連れて足を踏み入れる。

中は古民家風の、どちらかといえば和風な印象の店だった。こぢんまりとした、テーブル席が三つとカウンター席の店。全てどっしりとした木製の家具で統一されており、どことなく落ち着く雰囲気だ。

今は一人も客がおらず、入ってすぐのところで足を止めていると、カウンターの奥から人が出てきた。

「いらっしゃいませ。ああ、ご無沙汰しています」

姿を見せたのは初老の男性で、壮志を見てすぐに目元を和らげた。知り合いなのかと壮志を見れば、壮志もよそ行きの笑みで軽く会釈をした。

「近くに来たので、寄らせて頂きました。その節はありがとうございました」

「いえいえ、こちらこそ。今日はデートですか？」

どこか楽しそうな声で言われたデートという言葉に、ぎくりとして思わず背筋を伸ばす。

壮志の知り合いとなればなおさら、自分が男だとばれるわけにはいかなかった。

「ええ。落ち着けるところで、少し休めればと思いまして」

「それはそれは。こちらを選んで頂いて光栄です。お好きな席にお座り下さい」

ありがとうございます、と告げた壮志が、店の奥にあるテーブル席に足を向ける。近くまで行ったところで肩を抱いていた手が離れていき、はい、と悠の側にある椅子を引かれた。

「……あり、がとう」

ぎこちなく呟きコートを脱いでいる間に、壮志が向かい側に行き同じようにコートを脱いで席に着く。互いに隣の椅子にコートを置くと、見計らったように男性が水とメニューを運んできた。

「どうぞごゆっくり」

さらりとそう告げて離れて行った男性を見送ると、壮志がメニューを広げて悠の方へ向けた。

「なににする？　コーヒーはブレンドがお勧めだよ。後、パンケーキも」

「あ、美味《おい》しそう」

指で指し示された場所に視線を移し、思わず呟く。昔ながらの厚みのあるパンケーキにバターが添えられたそれは、幼い頃、祖母が作ってくれたおやつを思い出させた。懐かしさを感じさせる雰囲気は、最近流行のフルーツなどが飾られたものより、悠の好みに合っている。

「少し前に、仕事の取材で使わせてもらったことがあってね。悠君が好きそうだなと思ったから、機会があれば一緒に来ようと思ってたんだ」

にこにこと笑う壮志に、こくりと頷く。

「じゃあそれで……」

男性を呼んで注文を済ませると、店内を見渡す。壁際には、アクセサリーやポストカード、絵や彫り物などが飾られており、なんとなくそれを視線で追っていると、近くに住む作家達の作品を置いているらしいと説明された。

「悠君、手、貸して」

不意にテーブルの上に手を差し出され、素直に両手を差し出す。すると、温かな手に指先を握られびくりと肩が跳ねる。

「壮志さん」

「やっぱり冷たい。ごめん、さすがにこの時期の海は寒かったね」

無意識のうちに、冷えた指先をさすっていたらしい。元々、手先や足先が冷えやすいのだ。しまった、と思いつつ手を引こうとしたが、しっかりと握られており離せない。

「手……」

「うん。温まったら」

言いながら、優しく指先を握って揉《も》まれる。じんわりと移される体温に恥ずかしくなり、俯けた視線を彷徨わせた。どこまでも甘やかすような空気は、気恥ずかしく落ち着かない。

けれど同時に、普段とは違う栗色の髪が視界に入ると、落ち込んでしまう。

先ほどから何度も繰り返している気持ちの浮き沈みに、つい溜息が零れそうになる。

この格好じゃ、なかったら。

そんなことを思いながら、同時に、それがありえないことだと自嘲する。

「悠君」

ふ、と。囁くような声とともに、するりと握られていた手に指が絡められる。どきり、とするそれに視線を向けると、とろりと蜜のような甘さを含んだ壮志の瞳がこちらに向けられていた。

「……好きだよ」

「……――っ！」

堪えることもできず、顔が熱くなるのがわかる。これは、恋人の振りの延長だ。そうわかっているのに、無性に胸が苦しくなり、その瞳には涙が滲んでいた。これは、自分に向けられた言葉じゃない。そう言い聞かせつつも言葉を失っていると、不意に壮志の瞳が細く眇められた。

「……うん、まあ、この格好でよかったかな。普段のでこれはちょっと……誰にも見せたくない」

「壮志さん？」

だが、口の中で呟かれた声は、音として悠の耳に届く前に消えてしまう。なんでもないよ、と笑う壮志に悠は首を傾げたのだった。

◇◇◇

やがて、春が近づいてきた頃。壮志とともに外出先から戻った悠は、思い切り疲れた息を吐いた。

「あー、疲れた」

玄関口で座り込んだ悠に、後から入ってきた壮志がくすくすと笑う。二人の両手がいっぱいになるほどの紙袋は、悠のスーツや仕事用の小物などだ。

「ほら、荷物は後にして、居間に行って休憩しよう。お茶淹れるから」

ぽんぽんと悠の背中を叩き台所に向かう壮志の背中をそっと見送る。シャツの上に春物のセーターを重ね、色の薄いスラックスを穿いた姿は、いつもの着物姿とは全く印象が違う。腕にかけたスプリングコートも、とてもよく似合っていた。

(本当にどっちも似合うよね、壮志さん……)

ふと、手元にある小さな袋を見る。銀座《ぎんざ》の文具店で買ったそれだけは大事に持ち、居間へ向かった。

今日は、入社日が近くなってきた悠のために、仕事で着るスーツなどを買いに出掛けたのだ。費用は、自分の貯金から出すつもりだったが、就職祝い代わりだと母親からまとまった額が振り込まれていたため、ありがたくそれを使わせてもらうことにした。

そして当然、自分一人でスーツを選ぶ度胸はなく。仕事の区切りがついた壮志に付き合ってもらったのだ。

（それにしても、やっぱりもてるんだなあ。あの人）

さほど高いスーツはいらないしと思い、最初は量販店に行って見ていたのだが、既製品の場合、身幅がぶかぶかになってしまうため、壮志に却下されたのだ。

曰く、身体に合ったスーツの方が動きやすいし、業界的にも最低限の身だしなみとして気にしておいた方がいい、と。

確かに、入社予定の会社はファッション業界とも関わりの深い広告代理店のため、その辺りのチェックは厳しそうだ。そう思い、壮志の提案を聞いて百貨店に向かったのだ。

そして辿り着いた百貨店では、あちこちから壮志に視線が向けられていた。元々、身長が高いこともあって目立つのだ。その上で、非の打ち所のない格好良さ。顔込みで売り出そうと提案してくる出版社の気持ちも、わからないではない。もちろん、賛成はできないが。

そうして、セミオーダーのスーツを何着か——単純に既製品のサイズが合わなかっただけなのだが——と、小物を揃《そろ》えた後、壮志の買いたいものがあるという言葉に、とある有名文具店へと足を向けたのだ。

そこで買ってもらったのが、これだった。

「悠君。袋のまま眺めてないで、開ければ？」

居間に座り、座卓の上に袋を置いて眺めていると、背後から壮志に声をかけられる。ちなみに座ったと同時に愛猫の正太郎が後ろに移動してきて陣取っていた。

「……なんか、もったいなくて」

「開けて使ってもらわなきゃ、もっともったいないよ」

笑いながらそう言った壮志に頷き、袋から細長い箱を取り出す。プレゼント仕様のリボンを解き箱を開くと、そこには上品なボルドー色のボールペンがあった。

就職記念に、ともらったそれは、壮志が使っているものと色違いだ。

「書きやすいとは思うから、まあ、使ってみて」

「うん。大丈夫。前に使わせてもらったことあるし。……ありがとう、壮志さん」

なによりも、お揃いなのが嬉しい。そう思いながら微笑むと、どういたしまして、と壮志が笑う。

二人でお茶を飲みながら、とりとめもない話をしていると、そういえば、と座卓の斜め前に座っていた壮志が、悠の足下を見る。

「足、痛くなってない？　大丈夫？」

「全然大丈夫。……その節は、すみませんでした」

「よそ見はしないようにね」

買い物中、探しものをしていて、つい足下が疎かになってしまったのだ。落ちていた透明袋に気がつかず足を滑らせてしまい、咄嗟に壮志が腰を抱いて支えてくれなければ思いっきり転んでいただろう。

「腫れてないか、見てあげようか」

「え、いいよ、……って、壮志さん！」

「ん？」

気にしたふうもなく、悠の横に移動してきた壮志が、悠の足首を手に取る。よいしょ、と予想外に思い切り引かれ、後ろに倒れかけながら壮志に足を預けてしまう。正太郎を潰さないようにと気をつけはしたが、驚いたのか、文句を言うように鳴き声を上げるとどこかに行ってしまった。その後ろ姿を見送り、じろりと壮志を見る。

「……それ、怪我《けが》してたら絶対痛いやつだから」

「大丈夫なんだろう？」

楽しげに笑った壮志が、指でくるぶし辺りをなぞりながら、そっと靴下を下ろす。その触れ方に、肌がぞわりとし、慌てて壮志の手から足を引こうとした。

「ちょ、やめ……」

「んー？　これ、気持ち良かった？」

どこか意地の悪い笑みを浮かべながら、壮志の指先が優しく足裏を撫でる。くすぐったいのとは違う、身体の芯に走るぞくりとした快感に、悠は唇を噛んで声を堪えた。

「……あー、その顔は、ちょっと」

ぼそりと呟かれた声は、必死に快感を堪えている悠の耳には入らない。じわりと滲んだ涙をそのままに壮志を見ると、目を細めた壮志が、足から手を離し、悠に覆い被さるようにしてのしかかってきた。

「ごめん、ちょっと駄目かな」

「なにが！」

「色々」

そう言った壮志が、躊躇いなく唇を重ねてくる。身体を支えている腕から力が抜け、並べていた座布団の上に仰向けに横たわると、壮志が上から覗き込んできた。

「まだ、明るい……」

「うん、そうだね」

「え、ちょっと」

カチャカチャと悠のズボンのベルトを外した壮志が、下着ごとズボンを引き抜いてしまう。

「壮志さん!?」

「ここのところずっと忙しかったし、だいぶ悠君不足だから……。手加減できなかったら、ごめんね？」

「……っ」

そう言ってにこりと笑った壮志に、だが悠は引きつった笑いを漏らすことしかできなかった。

「ん、あああ……っ！」

水音とともに身体中を走り抜ける快感に、悠は、必死に嬌声を堪えつつ身悶えた。

横たえられた状態で、上から覆い被さってきている壮志の指が、悠の後ろへ突き入れられ身体の中で蠢いている。最初は一本だったそれが、時間をかけて三本に増やされているが、すでに自分がどういう状態になっているのか、悠自身は認識できていなかった。

「や、待って、そこやだ……っ！」

「ん、だいぶ柔らかくなってきてる……。大丈夫だから、そのまま感じてて」

ふ、と。どこか苦しそうな声が、頭上から落ちてくる。けれど、それに気を取られる前に、奥深くに突き入れられた指がぐるりと動かされた。

「……――っ！」

びくり、と背筋を反らして身体が震え、悠の中心からたらたらと蜜が零れる。

「あ、や、待って……」

「ああ、ここかな」

唐突に全身を巡った激しい快感に身体を震わせ、待って欲しいと告げるが、どこか楽しそうな声で壮志がその場所を指の腹で容赦なく擦る。

「あああ……っ！」

思わず達してしまいそうになり、無意識のうちに自身で前を握る。それを見た壮志が、耳元に顔を近づけてきてそっと息を吹き込んでくる。

「イっていいよ。なにも、我慢しなくていいから」

唆すようなその言葉と声に、抵抗するようにかぶりを振る。だが、壮志の手が、自身を握る指をゆっくりと外してしまい、その大きな掌で悠自身を包んだ。

「ほら、これで汚れない」

同時に、耳殻を舌で辿られ、咄嗟に後ろに入れられた指を強く締め付けてしまう。ふふ、と薄く笑う声にも感じてしまい、声を漏らせば、今度は先ほどまでより激しく指が出入りし始めた。

「あ、あ、あああ……っ！」

後ろから与えられる快感に合わせて腰が動き、まるで壮志の手に自身を擦りつけているよなってしまった。

うな状態になってしまう。ほんの少し前を握る手にも力が入れられ、余計に腰が止まらなく

「もう、やだ、や、あああ……——っ！」

びくびくと腰が震え、放埒を迎える。壮志のものと擦り合わせながら達するのとはまた違う感覚に、悠の身体はぶるりと震えた。

「……うん、上手くいけたね」

何度かに分けて吐き出された悠の白濁を掌に受けた壮志が、手首に流れてきたそれをぺろりと舐める。ぼんやりとした意識の中でそれを見た悠は、あまりに色悪めいたその表情に身体の奥が熱くなってしまうのを感じた。

「馬、鹿……」

けれど、そんな感覚に溺れてしまうことに一抹の恐怖を感じ、つい、悪態をついてしまう。それを楽しげに受け止めた壮志が、悠の涙の滲んだ目元にキスを落とすと、身体を起こす。そうして、手近にあったティッシュでさっと悠の身体を清めると、脱がせた服を着せ整えた状態で、ぽんぽんと優しく身体を叩いてくれた。

「片付けはしておくから、休んでていいよ」

その優しく、規則正しい振動に、悠は吸い込まれるように眠りに落ちていくのだった。

◇◇◇

スーツの内ポケットに入れたスマートフォンがかすかに震えるのを感じ、壮志《そうし》は何気なく取り出した。画面に表示されているのは、メールの着信通知で、その送り主を見て迷わずメールを開く。

「……今日も、か」

人のいない会議室に、ぽつりと呟《つぶや》いた声が小さく響く。眼鏡《めがね》の奥で目を眇《すが》めると、自分でも苛立《いらだ》ちと心配が混ざった——どこか不機嫌そうな声になってしまっていることがわかった。

ただし、その苛立ちはメールの送り主に対してのものではない。

「すみません、お待たせしました。……東原《つかはら》さん、どうかされました？」

慌てたように会議室へ入ってきたスーツ姿の壮年の男性に、なんでもありません、とさらりと答える。東原壮志、というのは、壮志が執筆時に使っているペンネームだ。壮志は、さりげなくスマートフォンをロック画面にすると、机の上に置いた。

「少し、嬉《うれ》しくない連絡が入ったもので」

「大丈夫なんですか？」

心配してくれているのだろうその声に、すぐに「大丈夫ですよ」とさらりと答える。

「こちらの仕事には影響のないことなので」

「そうですか？　では……、これがさっき話していた資料のコピーです。参考までに。後、カバーの色校正が上がってきていたので、こちらもご確認下さい」

「ありがとうございます」

差し出された資料と、カラーで校正刷りされた用紙を手にする。

今日は、いつも仕事を請けている出版社まで足を運んでいた。普段は、外で落ち合うことが多いのだが、今回は、企画用のサイン本を作る必要があったため、打ち合わせがてらこちらで作業することにしたのだ。

冊数が多い場合は家に送ってもらってやるのだが、さほど多くない場合は、こうして出版社でやることもある。

ちなみに、家の方に仕事の関係者が来ることはない。それについては、仕事を請ける段階で制限していた。当初は、人様の家に下宿している状況を弁えてのことだったが、今は、あの家に必要以上に他人を入れたくない、という理由からだ。

「そういえば、深澤《ふかざわ》さんはお元気ですか？　新卒入社されたばかりだと、色々大変でしょう」

穏やかな男の声に、ちらりと視線を上げる。壮志がデビューした当時から二人目となるこの担当者は、それなりに付き合いが長い。

家の方に出入りしているわけではないが、壮志の事情はある程度知っており、悠《ゆう》の祖父母が亡くなった際にも弔問に訪れてくれた。仕事相手では、家の連絡先を教えている数少ない人物であり、その関係で悠とも面識があるのだ。

「ええ、随分忙しそうにしていますね。業種的に、仕方がないのだろうとは思いますが」

淡々と答えると、ああ、と思い当たったように男が言葉を継ぐ。

「広告代理店でしたか。そういえば、教えてもらった会社名をどこかで聞いた気がしたんですが……」

「こちらとも取引があるのかもしれませんね」

「ええ。雑誌の方はお付き合いがありそうなので、多分、聞いたとしたらそちら経由でしょうね。ともかく、身体《からだ》には気をつけてとお伝えください」

「ありがとうございます、伝えておきます。……確認しました。今回の装丁もいいですね」

そう言って、校正刷りを相手に戻す。ありがとうございます、と男が受け取り、話を続けた。

「では、先ほどお話しした映画化の件については、このまま進めさせて頂きます。スケジュール等、もう少し詳細がはっきりしたら、改めて水原《みずはら》さんにメールしておきますので」

「お願いします」

必要な話が終わり腰《こし》を上げると、担当者とともに会議室を出る。壮志の姿を見つけ挨拶に来た編集長——壮志のデビュー時に担当者だった男性に挨拶を返すと、二人に見送られながら出版社を後にした。

鞄を片手に、スーツの内ポケットからスマートフォンを取り出す。再びメール画面を開くと、そこに書かれた「今日も遅くなります」の文面に眉《まゆ》を顰《ひそ》めた。

「……どうしたものかな」

ぼそりと呟く声に混ざる苛立ちは、どうしても隠せない。

悠が就職して、二ヶ月が経とうとしている。毎日、朝早く家を出て、帰り着くのは日が変わる頃。時には、休日のはずの土曜にも出社している。勤務日数も勤務時間も明らかに超過しているのだが、悠は弱音を吐くでもなく――かといって、やりがいに満ちあふれたといった感じでもなく、毎日ひどく忙しそうにしていた。

(新人が、毎日残業の上、休日出勤しないと終わらない仕事、ねえ)

入社して二、三年経ち、ある程度自分で判断しなければならない仕事が増えてくる頃ならまだわかる。だが、悠はまだ新人。本来なら、入社して一、二ヶ月といえば教育にあてがわれる期間だ。社員について実地で仕事を覚えるにしても、今の悠の状況は限度を超えている。

悠は、昔から水原の事務所にヘルプ要員としてアルバイトに入っており、業種が違えど新入社員がやる程度の仕事は問題なくこなせるはずなのだ。責任感は強いが、かといって一人で仕事を抱え込むようなこともない。手際のよさについては、水原の事務所の古参社員のお墨付きだ。

なにもかもを万全にこなせるとはもちろん思っていないが、新人にあれほどの負担がかかっているというのなら、それは会社側の問題だ。

「言っても、聞かないしなあ」

既にたびたび助言はしているのだ。無理はしないように、と。そして、あまりに職場の環境や条件が悪いようなら、早めに見切りをつけて転職してしまうのも手だと。

けれど、悠はいつも苦笑して、まだ入ったばかりだよと言うばかりだった。

そのまま最寄り駅に向かい、二駅ほど電車に乗ったところで降りる。そこから十分ほど歩いた先にあるオフィスビルに足を踏み入れた。

三階に行き、見慣れた事務所の扉を開くと、勝手知ったる足取りで中に入っていく。

「こんにちは」

「ああ、お疲れ様です。長束さん。社長ですか?」

声をかけると、慣れた様子で事務員の女性が立ち上がる。以前、水原の母親の事務所にいた古参の社員で、壮志とも昔馴染《むかしなじ》みなのだ。ちなみに、壮志の事務関係の仕事を担当してくれているのも彼女だった。

「ええ、いますか?」

「はい、社長室に。ご案内します」

先導されて社長室へと向かう。途中、すれ違う所属モデルだろう若い女性達にじろじろと見られているのを感じていると、先を歩く彼女が苦笑しながら声をかけてきた。

「すみません。あの子達、最近入ったばかりで」

「気にしていませんよ」

「壮志さん、相変わらずですねえ。悠君の方はどうですか？」

「忙しそうです。少し、心配になるくらいで」

「そうですか……。悠君、真面目《まじめ》ですし、あんまり弱音も吐かない子ですからねえ」

まるで息子《むすこ》を心配する母親のような声に、苦笑が浮かぶ。とはいえ、外にいる時はさほど表情に出ないため、傍《はた》から見ればわからない程度だ。

「出版社にも寄ってきたんですが、担当さんも心配してくれてましたよ」

「あら、そうなんですね。まあでも、学生さんの頃から知っていると、息子や弟みたいな感覚になりますから。職種的に無縁のところではないですし」

そういう意味では、私にとって壮志さんも同じようなものですよ。と、楽しそうに笑う女性に、そうですね、と今度ははっきりと苦笑してみせた。

「まあ、お手柔らかにお願いします」

「承知しました。……社長、長束さんがいらっしゃいました」

扉をノックした彼女に、中から応えが返される。後は構わなくていいと告げると、わかりました、と頷《うなず》いてそのまま席へ戻っていった。

「よお、壮志。向こうの仕事は終わったか？」

「ああ」

社長室に入ると、入口近くにあるソファを示され、そこに腰を下ろす。元々長居をするつもりはなく、簡単な打ち合わせがてら立ち寄っただけだった。

「映画の話は、本決まりだそうだ。後のスケジュールは、そっちにメールがいくだろうから、調整と交渉の方は任せる」

「了解。また忙しくなるな」

「ドラマの脚本は上げたし、以降はしばらく入っていないから、どうにかなるだろう。だが次からは絶対に請けないから、そのつもりでいてくれ」

「わかってる。あっちにもくれぐれもと念は押しておいた。今回はまあ、飯田《いいだ》さんに頭下げられたからなあ……」

溜息《ためいき》交じりに言いながら、正面に座る水原に目を眇める。

「あの人の頼みなら仕方がないが……。二度はない」

実のところ、先日まで入っていた深夜ドラマの仕事が少々面倒だったのだ。以前に携わったとある企画で、責任者でもあるプロデューサーの女性に言い寄られ、トラブルになりかけたことがあった。そのため、その女性が担当する企画には一切関わらないようにしていたのだ。

だが今回、仕事を請けた後に先方の都合により責任者が替わり、そこに例の女性の名前があった。本来ならば、そこで降板するつもりだったのだが、昔お世話になった——問題のP《プロデューサー》の上司である人に、万一なにかあったら責任は必ず取るからと頭を下げられ、仕方がなく請けたのだ。

とはいえ、案の定、今回も壮志に対して仕事にかこつけて個人的な約束を取り付けようとしたり、取材と称して家に押しかけてこようとしたりしたため、そのPが関わるようであれば次の仕事は請けないと宣言している。

その後、今後の予定の擦《す》り合わせと確認をしたところで、水原がこちらを見た。

「で、相変わらずか？」

「相変わらず、だな。今日も遅くなるらしい」

「……つーか、聞く限り、普通にブラックだろ」

「だろうな……。さすがにもう見ていられないからな。本格的に注意するつもりだ」

「頼む。お前が言うのが、多分一番効くだろうからな」

曲がりなりにも、社会人になったのだ。年長者だからといって、囲い込んでスポイルするつもりはないが、助けの手は必要だろう。

ここのところ、顔色が悪くさらに線の細くなってきた悠の姿を思い出し、きつく眉を顰めた。朝、顔を合わせるわずかな機会に注意深く見ていても、忙しくしているわりに、やりがいがあるといった様子は見受けられない。

どんなことをしているのか、と聞いても、まだ新人だから雑用ばっかりだよと苦笑しながら答えるばかりだ。

(雑用ばかりだとしても、初めて触れる世界についてなにも話さないのが気になる)

もちろん、詳しい仕事内容についてのことではない。関わっている仕事についての情報には守秘義務があり、その辺りも悠はかなりしっかりしている。だが、社内がどういう雰囲気なのか、新人としてどういうことをやっているのか、入社してから今日まで全くなにも言わないのが気になった。

どちらかと言えば、悠はどんな仕事でも周囲に気を配りやりがいを見つけて楽しむタイプだ。そして、いつもそれを壮志に楽しそうに話してくれていた。

もちろん、社会人になったから、というのはあるだろう。だが、人間、一朝一夕で変わるようなものではない。そして、誰かに話すということは、愚痴であろうがそうでなかろうが、自分の中の感情を整理する上で有用なことでもあるのだ。

考えられるとすれば、悠が社内でなんらかのトラブルに巻き込まれ、話せないでいる、という状況だ。

「……どうも、仕事以外でトラブルがある気がする」

「ん?」

溜息交じりで告げると、どういうことだ、と視線で促してきた。あくまでも勘だが、と前

置きして入社してからの悠の様子を話すと、水原もまた同じように眉間《みけん》に皺《しわ》を刻んだ。

「……あいつにしては、おかしいな。……確か、知り合いのところがあそこと取引があった気がするから、それとなく聞いてみるわ」

「ああ」

過保護な心配、で済めば一番いい。そう思いながらも、壮志は胸に巣くう嫌な予感を振り払うことができないでいた。

◇◇◇

カタカタとキーボードを叩《たた》く音が響く執務フロアで、悠は誰にも聞かれないようそっと溜息をつく。慣れないネクタイに息苦しさを感じながら、ここ数日、ずっと痛みを覚えている胃をそっと撫《な》でた。同時に、自分の弱さが心の底から嫌になる。

「……え？　お約束時間の変更の件、ですか？」

不意に耳に届いた戸惑ったような声に、嫌な予感がして顔を上げる。少し離れた席に座る男の方へ視線をやると、ちらりとこちらに視線を向けた男と目が合い、すぐに逸《そ》らされた。

「申し訳ございません、こちらの不手際で伝達が上手《うま》くいっていなかったようで……。明後日の午後三時頃でいかがでしょうか。はい……、はい。本当に申し訳ございませんでした」

神妙な声で電話に向かいそう告げた男が、受話器を置く。同時に、こちらへ鋭い視線を向けてきた。

「深澤君。君、昨日、大取《おおとり》さんのところの電話受けた？」

周囲に聞こえるよう席に着いたままそう言われ、しくりと胃が痛む。まさか、と思いながら立ち上がり、男の声に答えた。

「……はい。訪問時間を変えて欲しいから折り返し連絡を、とのことでしたので、昨日、伊《い》上《がみ》さん宛てにメールをお送りしました」

昨日は、グループメンバーの社員のほとんどが終日外出で社内におらず、男とも顔を合わせなかったため、伝達事項は全てメールで送っておいた。そう伝えれば、眉間に皺を刻んだ男——悠の教育担当である伊上が、来てないよ、とやや不機嫌そうに告げた。

「それ、何時何分のメール？　見た覚えがないけど」

「……少し、お待ちください」

周囲の人間が、ちらちらとこちらを窺《うかが》っているのがわかる。またか、という雰囲気に、居たたまれなくなりながら、メールソフトの送信フォルダを開いた。

「……え？」

だが、昨日の送信済みメールを確認しても、送ったはずのメールが見つからなかった。絶対に、記憶違いなどではない。その前後に送った他の社員宛ての伝達メールはきちんと残っているし、送信後には送信済みフォルダまで確認したのだ。

「なに？　見つからない？」

その言葉に、嫌な予感だったものが確信に変わる。そこはかとない恐怖と胃の痛みを感じながら、震えそうになる声をどうにか堪《こら》えた。

「……午後二時頃、です」

「本当に送ったの？」

「送り、ました。……履歴が、消えていて」

言い訳じみたそれに、徐々に声が小さくなる。それに、呆《あき》れたような溜息をついた伊上が、淡々と告げてくる。

「メールが勝手に消えるわけないだろ？　ミスならミスで、きちんと認める。その上で、言うべきことがあるはずだ」

「……――」

謝りたくはなかった。だが、いくら違うと言っても証拠がなにもない。周囲の空気が悪くなっていくのを感じ、悔しさに奥歯を噛《か》みしめながら、すみませんでした、と呟く。だが、そんな悠の姿に、伊上がわざとらしく溜息をついた。

「まだ新人なんだし、ミス自体は仕方がないけどな。それを認められないようなら、仕事なんてできないよ」

言い聞かせるような言葉に、なおさら屈辱を覚える。仕事をしながらもこちらを窺っている他の社員達には、簡単な仕事もできない新人がプライドの高さゆえに謝罪を拒否しているように見えるのだろう。もう一度、すみません、と謝ってから腰を下ろした。

この会社に入社して二ヶ月ほどが経ったが、最初の一週間を過ぎた頃から、同じようなことが日々起こっている。特にこの一ヶ月ほどは、それがさらにひどくなってきた。

(……メールを消したのも、あの人だろうな)

今日は、伊上が珍しく自分より早く出社していたのだ。この会社の方針で、新入社員には最低一ヶ月から三ヶ月の間、立ち入り場所や共有サーバーの閲覧などに、様々な制限が課されている。その制限を解除するタイミングは教育担当及びグループ長の判断となり、悠はまだその制限が外されていなかった。

その制限の一つに、パソコンのログインパスワードを教育担当やグループ長と共有、というものがある。これについては、各上司に実施の如何が任されているらしく、他の新人達には課されていない制限だった。

多分それも、教育担当の伊上が、グループ長に進言したのだろう。

パソコンを操作し起動時間を確認すると、出社する前に起動した形跡があった。絶対にとは言えないが十中八九、伊上が、悠が出社する前にパソコンを立ち上げて、送信済みフォルダからメールを消してしまったのだろう。

とはいえ、これを辿《たど》って他の社員達に告げても、伊上に言いくるめられて終わってしまう。先手を打たれてしまった以上、なにを言っても、悠が悔し紛れに証拠を作り上げて反論しているとしかとられない――ように、話を持っていかれてしまうはずだ。

（……辞めた方が、いいのかな）

つい、弱気になりながら、そんなことを思ってしまう。

せめて、三ヶ月は我慢しよう。教育期間が終われば、教育担当が外れ他の社員からの指示も受けることができるようになるはずだ。そう思いながら頑張ってきたが、次第に迷いが生じ始めている。

こんな状態になったのは、大手広告代理店の子会社であるここに入社して一週間が過ぎた頃からだった。同時期に入社した新人は四人。全社員で五十人そこそこという会社の規模からすれば、この不況の最中の新入社員としては多い方だろう。

この会社は、アクセサリーやファッション関連業界を専門にしている広告会社で、ブランドのフェアやキャンペーンなどの企画立案、クリエイティブ制作、メディアバイイング等の広告業務全般を行っている。

オフィスビルの二階分を執務フロアと会議室にしており、各グループが島を作るように机を並べ、新人には割り振られたグループの端に席が設けられていた。

通常ならば、新人の教育は入社二、三年の若手が担当するが、この会社では、それなりに責任のある中堅以上の社員が任されることが多いらしい。まずは、仕事の全体像を見せながら、各教育担当の雑務を手伝うことで仕事を覚えていく、という方針だそうだ。そのため、大体が、担当プロジェクトを持つレベルの社員に割り振られる。現に、他のグループに割り振られた新人達は、ベテラン社員の下について忙しそうに——だが、生き生きと仕事をしていた。

けれど、悠の場合は少し事情が異なった。

本来、別のベテラン社員が教育担当になるはずだったのだが、展開中のプロジェクトの都合で現地へ出向く仕事が多くなったため、入社三年目の伊上が担当することになったのだ。それも、伊上が立候補したらしい。伊上は、まだ責任者としてプロジェクトを任されてはおらず、補助としてついている立場だ。それゆえ、伊上の教育担当であり、現在伊上が補助をしている社員が悠のことも引き受けようと申し出てくれたらしいが、忙しい先輩の手を煩わせたくないと伊上が説得したそうだ。

(……よほど、邪魔されたのがむかついたのか)

ふと、その原因となった出来事を思い出す。

あれは、入社して四日経った日の夕方のことだった。最初の一週間は、古参社員や外部からの講師、そして親会社の社員による新人研修が行われていた。新人全員がまとめて会議室に集められ、講義を受ける、というものだった。

その日の研修も無事に終わり帰ろうとしたところで、いつも使っているボールペンがないことに気がついたのだ。替えのきくものなら構わないが、入社前に壮志からプレゼントしてもらったものを、なくしたくはなかった。

そして、研修に使っていた会議室に慌てて戻った時、中からかすかに女性の嫌がるような声が聞こえてきたのだ。

会議室の扉を開けようとしていた手を一瞬止め、わずかに眉間に皺を刻む。迷ったのは、ほんの少しの間。たとえ自分が邪魔をしてしまっても、社内で見られてまずいことをしている方が悪いのだと、無遠慮に扉をノックした。次いで、小さく扉を開ける。

『すみません。忘れ物をしたので取らせて頂きたいんですが、打ち合わせ中でしょうか？』

一応、中を見ないように配慮して隙間から声をかけると、別に、と機嫌の悪そうな男の声が聞こえてくる。その声に扉を大きく開いて中に入ると、同じ新入社員の女性が、涙目で男から距離を取っていた。わずかに服が乱れていた気もしたが、あまりじろじろ見ることは憚《はばか》られて男——伊上に向かって頭を下げる。

『失礼します』

そう言って悠が部屋に入ると、同時に、女性が慌ててドアから出ていく。なにも見なかったふりをして、会議机の傍に落ちていたボールペンを拾うと、再び伊上に頭を下げてそのまま出ていこうとした。

だが、それを伊上の不機嫌そうな声が止めた。

『お前も今年の新人か。なんだ、女みたいな顔のやつだな』

くくっと、先ほどの不機嫌さから小馬鹿にするような声に変わったそれに苛立ちを覚えつつも、顔には出さないまま伊上の方を振り返る。

『そうですね。女顔だとはよく言われます』

淡々とそう返せば、悠の反応が気に入らなかったかのように、伊上が舌打ちした。不穏な気配に内心で眉を顰めていると、伊上がいいことを思いついたというように下卑た笑みを浮かべた。

『……ああ。けど、お前ならイケるかも』

そう言いながら近づいてきた伊上が、悠の顎《あご》を掴《つか》む。痛みと不快感にわずかに顔を歪《ゆが》めて睨《にら》みつけると、楽しげな笑みがそこにはあった。

『生意気そうなツラだが、お前みたいのは仕事取るのに顔も身体も使えるからな。せいぜい頑張れよ』

いつの時代の話だ。そうぶつけてやりたい気持ちを抑えて顔を歪めながらも、下手《へた》に業界内の噂話《うわさばなし》も耳にする環境であったことから、全く見当違いの話だとも言えずじっと伊上を見返した。

『……離して頂けますか。顔に頼らなくても仕事ができるよう、努力するつもりです』

そう答えると、不愉快そうに顔を歪めた伊上が、悠を突き飛ばすようにして押しのけ会議室を後にした。いつも、人当たりの良さそうな笑みを浮かべている男だったため、その印象は一気に悪くなったのだ。

そして新人研修が終わり、よりによって伊上が教育担当になった途端、陰湿な嫌がらせが始まった。

それだけなら、まだよかった。

『なあ。お前、水沢志織《みずさわしおり》の息子なんだって？　ついでに、東原壮志と同居してるらしいじゃないか。紹介してくれたら、お前のこと使えるやつだって報告してやるけど？』

あの時ほど、気持ち悪くなるほどの恐怖を感じたことはなかった。どこで、どうしてそのことを知ったのか。少なくとも、伊上は悠の個人情報を知れる立場にはないはずだった。名前だけで、母親と壮志の存在に行き当たる可能性など、ほとんどない。例外は、水原親子の事務所の人間だけだが、母親との関係を知るのはごく一部であり、その誰もが信用できる人達だった。

（どうやって調べた……？）

怪訝な思いが顔に出ていたのだろう。伊上はもったいぶるでもなく、その真相を明かした。曰《いわ》く、知り合いの記者が母親――水沢志織のゴシップを狙っていて、悠の存在に行き当たったのだという。

『東原壮志とも、随分仲が良さそうじゃないか』

そう言って取り出したのは、一枚の写真。それを見て、悠は息が止まるかと思った。

（あの時の……）

入社前、壮志と二人で買い物に行った時に、人にぶつかりそうになったところで腰を引き寄せられた時のものだ。状況がわかっているため、それがどうした、と返せばよかったのだ。

だが、発せられた次の一言で固まってしまった。

『このご時世だ。恋人同士、と言っても、信じるやつは信じるんじゃないか？』

『……っ』

その一瞬で、伊上がひどく楽しげな笑みを浮かべた。

『なんだ、お前、まさかこの男のことが好きなのか？』

『違います。……昔からお世話になっている人なので、変な噂を立てられたくないだけです』

いつもの悠ならば、もう少しましな言い訳ができただろう。だが、突然のことに頭がいっぱいになってしまい、そんなふうに返すことしかできなかった。

『へえ、そうか。ま、これをどうするかはお前次第だな』

『……どういうことですか』

『別に？　俺は、ただ有名人を身内に持つ後輩に、好奇心から質問したってだけだからな』

せいぜい、役に立ってくれよな、新人君。そう笑いながら言った伊上の言葉を、はっきりと理解したのは、それ以降のことだった。

「深澤君、次の仕事の説明するから来て」

「……はい」

新人のトレーニングとして出された課題――既存企画のプレゼン資料を作っていると、伊上に声をかけられる。溜息を押し殺して立ち上がると、フロアの隅にある、パーティションで区切られたミーティングスペースへ向かった。

二人用の小さな席で向かい合わせに腰を下ろすと、それまでの面倒見のよさそうな雰囲気を消して、いかにも面倒そうに告げた。

「マーケティング調査の報告資料、明後日の会議で使うから明日の昼までに作っといて。調査結果と前の企画に使った資料の場所はメッセで送っとく。終わらなきゃ残業してもいいが、自主的にな」

恐らくそれは、自分が上司から任された仕事なのだろう。伊上はこうして、皆の前で悠を貶《けな》す一方、自分の仕事を押しつけてくることが多々あった。最初は無理だと断ったが、壮志の写真のことをちらつかされてしまえば、黙らざるを得ない。

『心配しなくても、お前が手伝ってくれたってちゃんと上には報告するからさ。これだって、教育の一環だ』

仕上げは自分がするから、とりあえず作ってみろ。そう言われ、打ち合わせに使う資料を過去の企画資料を参考にしながら作ったところ、それなりに上出来だったのだろう、こうしてたびたびねじ込まれるようになったのだ。おかげで課題の方の進みが悪く、このままでは新人の研修発表で恥をかきかねない。

「……わかりました」

どちらにせよ、自分には上司である伊上から振られた仕事をやるしかない。そう思い頷いたところ、パーティションの向こうから、ひょいと背の高い女性社員がこちらを覗《のぞ》き込んできた。

「ああ、いたいた。打ち合わせ？　もう終わった？　深澤君、悪いけど過去資料を倉庫に移すの手伝ってもらえない？」

「あ、はい」

この会社で唯一ほっとできる相手に腰を浮かせると、伊上が正面から声を上げた。

「中野《なかの》さん、うちの新人、便利に使うのやめてくれないかな」

先ほどまでの面倒そうな雰囲気を消し、愛想笑いを浮かべた伊上に、中野が強気で鼻を鳴らす。

「それはどっちかしら。なんなら、伊上君が手伝ってくれてもいいけど？」

「……俺はこの後、外出予定なんだ。深澤君、行っていいよ」

伊上に会釈をして、メモを取るために持ってきたノートとボールペンを手に、中野の後に続く。荷物を運ぶなら、手ぶらの方がいいだろう。そう思い声をかけると、そのままでいいからと執務フロアの人気《ひとけ》のない一画へ連れていかれた。

「はい、ノートとボールペン貸して」

パンツスーツ姿の中野が、さっぱりとした口調で言いながらそう手を差し出してくるのに、思わず素直に持っていたノートとボールペンを渡す。

「で、これ台車に載せて押してくれる？」

そうして指差された方を見れば、そこにはすでに企画書が箱詰めされた段ボールが五つほど積み上げられていた。

「は、はい」

ここまでできているのなら、自分はいらなかったのでは。そう思いながら、素直に段ボールを台車に載せると、中野の案内で執務フロアを出て倉庫になってる部屋へと向かった。

「……ごめんね。なかなか手が出せなくて」

廊下に出たところで小さく声をかけられ、とんでもないです、と悠も小声で返した。

彼女は、実は、新人研修の日に伊上からセクハラを受けていたあの社員の教育担当なのだ。別グループのためほぼ関わりはないのだが、受け持った新入社員から会議室の一件を密かに聞き、悠のことも気にかけてくれていたらしい。伊上がやっていることを確証がないままでも察しており、可能な限りで助けてくれている。

『うちのグループと君のところのグループ、仲が悪くて。だから本当は、私が手を出すと火に油を注ぐんだけど……。個人的に伊上が嫌いなの』

そうして話を聞けば、伊上の最初の教育担当になったのはこの女性社員だったのだという。だが、相手が女だと舐《な》めてかかり、教える側に非があると周囲に吹聴して教育担当から外させたのだという。結果、別のグループの預かりになってほっとしたのだが、と中野は言っていた。

その時初めて知ったのだが、伊上は縁故採用なのだという。親会社の、それも上層部に親がいるため、グループ長や部長、下手をすれば社長も伊上に対して強くは出られないそうだ。とはいえ、伊上は実際の仕事の成績はともかく外面だけはいいため、社内でも客先でもそれなりに評判はいいらしい。

伊上が入ってから、伊上が関わる範囲に新人が入ってこなかったため問題は起こらなかったが、今年は悠が同じグループに入ってきた。それで、標的にされてしまったのだろうと女性社員は溜息をついたのだ。

『あれは、自分より有能な下なんか絶対に認めないわ。君に対する評価はあんまり聞けてないんだけど、真面目にやればやるほど馬鹿を見ることになりそう……』

そう心配そうに言った中野に、悠は、少し心が救われた気がした。

台車を倉庫に運び込むと、言われた場所に段ボールを収めていく。そして、声を抑えたまま中野が聞いてきた。

「もしかして、また無茶振りされてた？」

「……マーケティング調査の報告資料を作るように、とのことでした」

「はあ？　そんなもの、なにも教えられてない新人が作るものじゃないでしょ」

「教育の一環、と言われれば……。参考用の過去資料は渡されますし、仕上げは自分がするからできるところまで、ってことなので、多分、周囲からも実地教育をしているようにしか見えないでしょうし」

「絶対、それ、自分が作ったことにしてるわよ」

恐らくそうだろうとは、悠自身思っている。悠が作った資料が、まだまだ改善の余地はあれど及第点だと太鼓判を押してくれたのは、この中野なのだ。逆に、使えないものを渡していたら、それを理由に伊上は悠のことを仕事のできない新人だと周囲に吹聴しただろう。

元々、企画書やプレゼン資料を作るのは好きだった。水原の事務所でもアルバイト中に企画資料などをよく目にしていたし、水原が面白がって悠に教えていたのもある。資料を作る上でどういった情報が必要なのか、どういうふうに見せれば理解させやすいのか。その辺りを学生の頃から叩き込まれていたため、幸か不幸か、伊上の無茶振りにもある程度対応ができてしまったのだ。

今回に限っては、それが裏目に出てしまった。

「今、上司に、どうにか深澤君をうちか――せめて他のグループに移せないか相談してるから。色々、派閥的なものもあって、すんなりいかないのが申し訳ないけど」

本当に申し訳なさそうに言う中野に、いえ、とかぶりを振る。

「気にかけて頂けて、十分助かっています。正直、残業しないと終わらないんですが、俺が一人で残るわけにはいかないので……。申し訳ありません」

いくら資料作りが好きだとはいえ、経験のない業務の資料を作るのはそれなりに時間がかかる。そんな中、人がいなくなりそうな時は、自分の仕事があるからと中野がよく残ってくれているのだ。

「うちも、今、企画の大詰めと新しい仕事が並行してるから忙しくてね。そこは気にしないで。むしろ、あいつの肩代わりなんか手を抜いてもいいから、ちゃんと早く帰って休みなさい」

「……はい」

頷くと、軽くなった台車を押して再び執務フロアへ戻る。途中、手伝ってもらったお礼だと自販機で買った缶コーヒーを渡され、ありがたく受け取った。

一人でもわかってくれる人がいると思えば、それだけで気が楽になる。悠がこの会社に入ってなによりも辛いのは、幾らきちんと仕事をしても全ての結果をなかったことにされることだった。それは、伊上に言われてやっている資料作りのみならず、他のささいな仕事でも、だ。深澤は仕事ができない。伊上の印象操作により、周囲の認識がそれで固まってしまっているため、普通に業務をこなしていても、仕事のできない新人という印象が拭《ぬぐ》われないのだ。

台車の片付けを引き受け、会議室に用があるという中野と執務フロアの前で別れると、伊上とのやりとりでひどくなっていた胃の痛みが和《やわ》らいでいることに気づき息をついた。

もう少し、頑張ってみよう。

ここで逃げても、壮志達に心配をかけるだけだ。そう心の中で呟き、悠は仕事を片付けてしまうべく背筋を伸ばすのだった。


「あれ、深澤?」

数日後、いつも通り、帰り着く頃には日が変わっているだろう時間に会社から出た悠は、夜中とはいえいまだ明るさを失っていない街中を歩きながら、背後からかけられた聞き覚えのある声に驚き足を止めた。振り返れば、思った通りの男が——自分と同じスーツ姿という見慣れぬ姿で立っていて、わずかに顔を綻《ほころ》ばせた。

「久し振り。すごい偶然だな」

「本当に。まさか、こんなところで会うとは思わなかった」

互いに堅苦しい格好をしてはいるものの大学時代と変わらない笑顔で近づいてきた男が、

悠の顔を見て眉を顰めた。

「って、大丈夫か？　随分疲れてるみたいだけど」

「……そうかな。ちょっと、仕事が忙しくて」

「いや、入って二ヶ月の新人にそんなになるまで仕事突っ込むか？」

訝《いぶか》しげな顔をした男は、大学で同級生だった友人だ。選択した講義が被《かぶ》ることが多く、また、悠が壮志と同居していることも知っているくらいには、仲も良かった。

「そっちも、今帰ってるなら仕事が忙しいんじゃ……？」

「いや、俺は単に遅ればせながらの歓迎会兼ねての飲み会だっただけだ。なあ、深澤。今度飯でも行かないか？　他のやつらも、お前の都合が全くつかないって拗《す》ねてたし」

「……うん」

気の置けないやりとりが久し振りで、気が緩みほっとしつつ微笑《ほほえ》むと、友人が眉間の皺を深くした。

「どうかした？」

「入った会社で、なんか変なことに巻き込まれたりしてないよな？」

「え？」

真実を言い当てられたような心地で目を見開くと、友人がますます咎《とが》めるように目つきを鋭くする。

「なんだ、本当になんかあるのか？」

「いや、そうじゃないけど」

慌てて否定してしまい、否定する必要もなかったことに気づく。だが、どう説明すればいいのかと唇を噛んだ。

「まあ、俺達にはともかく、なにかあるなら、同居してる兄さん……？　には言っとけよ」

さらりと告げられた壮志の存在に、ぎくりと身体が強張る。どうして、と譫言《うわごと》のように呟くと、友人が呆れたような視線を向けてきた。

「どうしてって、心配してるんじゃないか？」

「そう、かな……」

「話を聞く限り、随分過保護な兄さんっぽかったし。実は……」

「実は？」

一瞬言い淀《よど》んだ友人に首を傾《かし》げると、友人が苦笑しながら続けた。

「その同居人って、深澤の恋人じゃないかってちょっと噂になってたんだ」

「……え？」

思いがけない台詞《せりふ》にぽかんと口を開ければ、慌てたように友人が言い募る。

「いや、兄みたいなものって言ってたけど、どうにも話聞いてると恋人みたいに大切にされてるよなって……後、四年になった辺りからお前、若干雰囲気が変わったから」

「雰囲気？」

自分でも意識していなかったことを指摘され不思議に思い、だが、それが祖母が亡くなった時期であることに気づき、再びぎくりとした。ちょうどその頃、壮志とのあの触れ合いが始まったからだ。

「まあ、彼氏か彼女ができた……みたいな？　お祖母《ばあ》さん亡くなって元気なかったのが、少しずつ元に戻って安心したってのもあるけど」

「……彼氏」

先ほどから微妙に聞き流していたが、どうしてそこに同性が恋人という選択肢が当然のように入っているのだろうか。悠自体は、周囲の環境——特に水原親子関連で、それが珍しくもないという価値観ではあるが、みんなそんな感じなのだろうか。なんとなく浮かんだ疑問にうっすらと眉を顰めた悠が、機嫌を損ねてしまったと思ったのか、友人は言い訳のように慌てて続ける。

「深澤なら、どっちでもありかなって……」

「……そう」

溜息とともにそう答えると、それで、と友人が先ほどと同じ心配そうな表情になった。

「お前、性格はともかく……まあ、見た目は美人で大人《おとな》しそうだろ。そういうのが好きそうなのが、四年になってからは特に、ちらほらお前に近寄ろうとしてたんだよ。最終的には、お前の視界にも入ってなくて、諦めてたが」

「……？　そうだっけ？」

本気でわからずにますます首を傾げると、そういうところだ、と苦笑する。

「お前、興味がないことには本当に驚くくらい無関心だし覚えないからな」

だが、中には質《たち》の悪いのもいたし、社会人になったらそれこそ関わる人間も増える。しっかりしているとはいえ、真面目すぎてお人好しなところもあるのだから、変なのに関わらないよう気をつけておけ。そう助言してくれる友人に、乾いた笑いを浮かべるだけで否定できないのが苦しかった。

ある意味では、友人の心配が的中しているとも言えた。伊上は、確実にその質の悪い部類の人間だ。幸いにして、悠に対してそういう方面での興味はなさそうだったが。

「……気をつける」

近々飯でも食いに行こう。そう肩を叩いた友人と別れ、電車に乗り家への道を辿る。懐かしい顔を見て少し気が晴れたものの、ぼんやりした途端に仕事の疲れがどっと襲ってきて、深夜になっても混んでいる車内で立ち尽くしていた。

現状を抜け出すには、どうすればいいのか。そんなことを考えるが、思考が散漫になり上手く考えがまとまらない。

（三ヶ月経てば……）

研修発表までどうにか切り抜ければ、また、状況が変わるかもしれない。そんな考えに逃げ込みながら、溜息をついた。

壮志は、入社早々からそれほどの仕事量があるのはあまり良い環境ではないため、転職も考えるようにと心配してくれている。後もう少し頑張ってみると返すその気持ちに嘘はないが、徒労感は拭えない。

壮志達に打ち明けるのは、最後の手段だ。社会人になったのだから、これまでのように甘えるわけにはいかない。なにより、自分が彼らの庇護なしではなにもできないのだとは思いたくない。自力でどうにかしなくては、と心の中で繰り返した。


そして半年近くが経ち、状況が好転したかと言えば――否だった。

三ヶ月の新人研修後、結局、悠の異動は叶《かな》わなかった。

中野が随分掛け合ってくれたものの、新入社員を一つのグループに偏らせることはできず、また、悠の配属グループのグループ長が評価の低い新人として上に報告していたため、受け入れを渋られたようだった。

そこまではっきりと説明されたわけではないが、現状に腹を立てながら悠に謝ってくれる中野には、大丈夫だと言って笑ってみせるしかなかった。

そして新人研修が終わりさえすれば、他の社員の指示の下で働けるかと思っていたが――それも、あまり上手くはいかなかった。伊上が、悠の無能さを吹聴した上で、自分が面倒を見ると公言していたからだ。入社時から他の社員達に植え付けられていた、深澤は使えないという印象を覆す機会もないまま、伊上の下で働き続けることになってしまったのだ。

その状況に陥った時、今度こそ辞めようと思った。けれどそれも、ほんのささいな出来事で決心が鈍ってしまった。

それは、昔からお世話になっている、近所の老夫婦の悪気のない一言。

『悠君が無事に働き始めて、深澤さん達も安心したでしょうねえ。最近の若い子は我慢が足りなくて仕事が続かないってよく聞くけど、悠君はそんな心配もないでしょうし』

たった三ヶ月で辞めてしまったと知られれば、祖母達の育て方が、と言われてしまう。なにより、嫌な相手がいるからと辞めていては、どこに行っても続かないのではないか。

壮志など、悠よりももっと早く、もっと責任の重い仕事を幾つもこなしてきた。会社勤めではないにしても、仕事相手は決して良い人ばかりではなかったというのも、近くで見て知っている。それでも、壮志は悠達に愚痴など言ったことがない。

あの人と、対等に――いや、せめて自分の足で立って向き合えるようになりたい。そう思うと、ここで逃げてしまっていいのかと、余計に辞めるのが躊躇《ためら》われた。

その上、疲れ果てた悠に対して伊上の嫌がらせがさらに激化し、抵抗しようにも、壮志のことを引き合いに出されてしまうとどうしても強く出られない。

『俺の知り合いの記者が、東原壮志に興味持っててさ。今度、なんか映画化するんだろ？　それの主演女優と好い仲だって噂があるらしいぜ。お前の家を教えてやったら、スキャンダル狙いで嬉々《きき》として張り付くだろうな』

咄嗟《とっさ》に言い返しそうになった時、脅すようにそう言われ口を噤《つぐ》んでしまったのが悪かったのだろう。勝ち誇って高揚したような伊上の顔に、なにをするか分からない危うさを感じ、背筋が寒くなってしまった。

全身を包む重苦しい疲労感に、足を引きずるようにして夜道を歩き、家の玄関を開こうとする。すると、ぱちりと中で電気がつき、見計らったようなタイミングに驚きながら扉を開くと、壮志が出迎えてくれた。

「壮志さん……」

「おかえり。お疲れ様、悠君」

にこりと優しく笑った壮志に、ほっと肩の力が抜ける。

「ただいま。……原稿、終わったの？」

「ああ。今は少し余裕があるからね。それより、お風呂《ふろ》に入っておいで。夕飯の準備しておくから」

「あ、ごめん。夕飯は……」

「食べてきた?」

不思議そうに問われたそれに、答えられず言葉に詰まると「じゃあ却下」と笑顔で返される。いつもの優しげなそれではなく、どことなく圧力を感じる笑みに、思わずたじろいだ。

「軽いものにしておくから、ちゃんと食べなさい。食べないと、もたないよ」

「……はい」

言い聞かせるような声に頷いて壮志を見上げると、心配そうにこちらを見る顔があった。

けれど何も言わず悠を風呂場へ向かわせると、自分は台所へ足を向けた。

時間も時間のため手早く風呂を済ませ、パジャマに着替えて台所へ行くと、洗い物をしている壮志から居間で待つようにと告げられる。

風呂に入って落ち着いたせいか、さらに増した疲労感に肩を落として座卓の前に座ると、膝《ひざ》の上に愛猫が乗ってきた。

「正太郎《しょうたろう》さん、ただいま……」

その温かさに顔を近づけると、背を伸ばした正太郎が悠の顔を舐めてくる。ざらりとした感触とくすぐったさに、強張っていた顔から少し力が抜けた。

「はい、お待たせ」

正太郎とじゃれていると、台所からお盆を持った壮志がやってくる。目の前に並べられたのは、お茶漬けと、小鉢に入った湯豆腐、それと柔らかく煮込まれた手羽元と大根の煮付けだった。

どれも量は少しずつで、食欲の落ちている悠にもどうにか食べられそうなくらいだ。

「ありがとう……」

「寝る前だし、ゆっくりね。食べられなかったら残していいよ」

そう告げた壮志にこくりと頷くと、正太郎を膝に乗せたまま、座卓に置かれた箸を手にした。お茶漬けを口に運ぶと、胃の中がじんわりと温かくなる。

そうして静かに食事を進め、出されたものを全て食べてしまうと箸を置いた。すると、見計らったようにお茶の入った湯呑《ゆの》みを置かれ、並べた皿が下げられる。

「ごめん、壮志さん。……迷惑かけて」

「迷惑はかかってないよ。こういうのは、時間がある方がやればいいことだし」

「でも、居候なのに……」

「ここは、悠君の家だよ」

きっぱりとそう言った壮志に、ゆるくかぶりを振る。昔はそうでも、今の家主は壮志だ。けれど、それ以上反論する気力もなく、溜息を噛み殺してお茶を口に運んだ。

胃に優しい食事が身体を温めてくれたせいか、先ほどよりはだるさが軽くなった気がする。それでも、ここのところずっとぼんやりとしている頭は上手く働かず、膝の上にある温かさも相俟《あいま》って意識が途切れそうになった。

「ねえ、悠君」

「……ん？」

かけられた声に反射的に返事をすると、そのまま静かに問いが続く。

「仕事は、どう？」

「……普通だよ」

「楽しい？」

「……──どう、かな」

元々、壮志や水原の仕事の手伝いをする中で興味を持った仕事ではあった。業界的にも繋《つな》がりがあるため、いつか、仕事で関われることがあるかもしれないと、そんなふうにも思っていた。

けれど、現実は全く違っていて。頭のどこかで転職した方がいいとわかってはいたが、どのくらい頑張れば『仕方がなかった』と思えるのかがわからなかった。

（楽しい仕事って、あるのかな……）

今の悠にあるのは、途方もない徒労感。やってもやっても成果は握りつぶされ評価は落ちるばかりで、やりがいなどとうに尽きている。その上、下手なことをすれば伊上によって壮志に迷惑がかかるかもしれず、それが最も怖かった。

自分のせいで、壮志に迷惑をかけるのだけは駄目だ。それに、一度甘えてしまえば、自分

一人ではなにもできない人間になりそうで、それもまた、怖かった。

そうして身動きがとれないまま、仕事に行かなければという義務感だけで身体を動かしている状態なのだ。

(どうして、こんなふうになってるのかな……)

そう思った瞬間、目の前の気配がふっと剣呑《けんのん》なものに変わる。

「悠君?」

「……え?」

顔を上げると、頬《ほお》を涙が伝うのがわかった。咄嗟に片手で触れると、自分でも気がつかないまま涙が零《こぼ》れていた。慌ててそれを拭い、無理矢理に笑みを浮かべる。

「ご、めん。目にゴミが……」

けれど、一度気が緩んでしまったせいか、涙が止まらない。咄嗟に立ち上がろうとすると、その動きに驚いたのか正太郎が膝の上から下りる。

けれど、腰を浮かせたところで斜め横に座った壮志の手によって止められ、再び腰を下ろす。涙を拭う手を摑まれ、ほんのわずか痛みを感じるほどに握られる。

そちらに視線を向けられないまま、空いた方の手で濡《ぬ》れた頬を拭い、ゆっくりと息を吐く。

どうにか止まった涙に、壮志に握られた手を取り戻そうと軽く引いた。

「壮志さん、手……」

「悠君」

だが、返ってきたのは、どこか怒りを孕《はら》んだような低い声で、ぴくりと肩が震える。俯《うつむ》いて動きを止めると、重苦しい溜息とともに言葉が続けられた。

「俺は、会社に入って働いていたわけじゃない。それでも一応、その辺りの常識はあるつもりだ。水原の方が説得力があるかもしれないが……」

淡々とそう告げた壮志は、なんの反応も返さない悠の手を摑んだまま続ける。

「今の悠君の環境が、いいものではないのだけはわかる。責任感が強い悠君のことだ。入った以上頑張らないといけないと決めているのかもしれないけど、それだけのことをする価値のある場所なのかは、きちんと見極めないと駄目だ」

「……――」

「一つの場所にしがみついてもいいことはないし、手遅れになる前に見切りをつけるのも大人としての判断だ。悠君さえ変わらなければ、それ自体が瑕疵《かし》になることはない」

いつもならすんなりと入ってくるはずの壮志の言葉が、上手く飲み込めない。一体、どうすればいいのか。苛立ちさえ覚えそうになる自分に唇《くちびる》を噛むと、壮志の手にさらに力が籠もった。

「ずっと悠君のことを見てきて、最終的には悠君自身が決めて判断しないと後悔するだろうってわかる。わかるからこそ手を出せずにいたけど。これ以上ひどい状況が続くなら……無理にでも辞めさせるよ」

「……っ！」

さらに低くなった声は、冷たさすら感じさせるほどで。けれど、そう言われた瞬間、自分の中で堪えていたものが、ぱちんと弾《はじ》けた気がした。会社でも、家でも。結局、自分にはなにもできないと思われているのだと、そう突きつけられた気がして、悔しさと悲しさで胸が詰まった。

「な、んで……？」

「それは、大人として……」

「俺はもう、昔みたいな子供じゃない！　自分のことくらい、自分で決める！」

咄嗟に言い返し、壮志の手が緩んだ隙に振りほどくと、立ち上がって居間から走り去った。

部屋に戻り、ベッドに潜り込む。込み上げる涙を堪えながら、奥歯を噛みしめた。とんだ八つ当たりだということは、自分が一番よくわかっていた。壮志はただ、心配してくれているだけなのに。

けれど同時に、誰からも、なにも期待されていないのだという虚しさで胸が塗り潰され、自分がなにに必死になっていたのかも、あやふやになってきてしまう。

（馬鹿、だなあ……）

どうすれば、壮志にふさわしい――一緒にいて、恥ずかしくない自分になれるのか。

そう思いながら、しくしくと痛む胃を庇《かば》うように、そっと身体を丸めるのだった。

けれど、結果的に身体の方が先に音を上げることになってしまったのは、その数日後のことだった。

「なんだ、深澤まだ終わってないのか？　簡単な資料だろう。そろそろ、効率よく仕事をこなすことも覚えないとな」

小馬鹿にした響きとともに人が傍に立つ気配に、自席に座ったまま悠はちらりと視線を動かした。当然のことながら、こちらを口調と違わぬ表情で見下ろしているのは伊上で、諭すような口ぶりに苛立ちが増した。

今作っているのは、本来、伊上が手がけるはずの明日の打ち合わせ資料だ。企画の中間報告に当たり、現在の進捗状況と今後のスケジュール予定をまとめたものだった。もちろんこれはたたき台であり、担当責任者である社員が修正を加えて使うことになるが、細かい数字などは確認できないだろうから、ある程度正確なものを出しておかなければ問題になってしまう。当然、そのミスが伊上のチェックで見つかることは期待していない。

上手くいけば自分の手柄、間違っていれば悠のミス。毎回、そうやってさりげなく悠の評価を落とそうとしているのだ。

「なにか、追加の指示ですか」

にこりともせずそう告げれば、ああ、と伊上がなにかを言おうとする。すると、荒い足音とともにグループ長が執務フロアに入ってきて、伊上と悠に視線を向けた。

「深澤、ちょっと来い」

「……はい」

明らかに怒っているとわかる状態で呼ばれ、無意識のうちに胃の辺りを押さえながら席を立つ。すでに慢性的になっている痛みは、悠の食欲と体力、そして気力を徐々に奪っていた。

「お前、このプレゼン資料を誰かに渡したか？」

「……――？　知りません」

それは、悠の配属グループが担当している現在進行中のプロジェクトの中で、最も大きなものの資料だった。悠とは仕事上ほとんど関わりのない社員が担当しているもので、その資料の存在すら悠は知らなかった。

「大取の担当者から、昨日、うちの社員から渡された資料が間違っていると連絡があった。ここに取りに来たと言われたが」

「来訪予定は書いてありましたが、私は対応していません……」

そもそも悠が客先の担当者に会う機会などないし、その資料には触れたこともないが、中身を確認できるように封をしないまま他の社員が伊上の机の上に置いていたのは見かけた。

そう告げようとすると、悠の斜め後ろに立っていたらしい伊上のかすかな舌打ちの音が耳に届いた。

「すみません。大取の担当者に渡した資料なら、深澤に持って来させたものだと思います。その時に、他のものと取り違えたんじゃないかと……」

自分が受け取った時にはすでに封がしてあり、客の目の前で確認することはできなかったが、自席に確実にわかるように置いていたためまさか深澤が間違うとは思わなかったのだ。殊勝な態度で言い訳をしている伊上の言葉を聞き、グループ長が苛立ちも露《あらわ》に溜息をつく。

「待ってください、それは……っ」

当たり前のように濡れ衣を着せられ、慌てて声を上げる。だが、グループ長に鋭く睨まれ、声が詰まってしまう。

「幸い、先方が内密に連絡をくれたとはいえ、機密漏洩を報告しないわけにはいかない。企画内容の見直しも必要だ。下手をすれば損害賠償責任にもなる。……全く、仕事ができないばかりか、こんな大問題を起こすとは」

怒りで徐々に声が大きくなっており、フロアにいる社員達の視線が集まっているのがわかる。悠の主張など端《はな》から聞く気がなく、全て悠の責任にされてしまった現状が信じられず、唖然《あぜん》とするしかなかった。

(どうして……)

胃の痛みが激しくなり、みぞおちの辺りに手をやり強く握りしめる。言葉を出せない悠の代わりに、伊上が申し訳なさそうな声を出した。

「俺の監督不行き届きです。申し訳ありません」

全くそうは思っていないだろう謝罪に、グループ長が伊上に軽く手を振る。

「君が、しっかり指導していたことは報告からわかっている。後は、本人の資質の問題だ。……こんな状態で、謝罪の一つもできないような人間性であれば、なおさらな」

「……身に覚えのないことで、謝ることはできません」

押し殺した声でどうにかそれだけを告げれば、かっとしたようにグループ長が机に拳を下ろす。がん、と激しい音がし、反射的に身体が竦《すく》んだ。

「いい加減にしろ！　これは、社の信用問題に関わるんだぞ！」

感情的になった怒声に、フロアの空気が一気に気まずいものになる。だが、どうしてもこれだけは譲れないと悠はかすかに身体を震わせながらも奥歯を噛みしめた。

「……もういい。反省する気がないのなら、今日は帰れ」

処分は後で連絡する。そう告げられ、一気に身体から力が抜けた気がした。わかりました、と呟き踵《きびす》を返すと、パソコンの電源を落として鞄を手にする。もうここに来ることはないかもしれない。そう思ったが、荷物をまとめる気力もなくそのままフロアを後にした。

悔しい、悔しい、悔しい。心の中で荒れ狂う気持ちを、だが、唇を引き結んで堪える。胃の痛みがどんどんひどくなり、気持ちが悪い。けれど、一瞬でも早く会社を出たくてふらつきそうになる足を必死に進めた。

（クビ、かなあ……）

こんな不本意な結果になるのなら、壮志に言われた通り、もっと早く辞めておくんだった。そう思いながら最寄り駅へ向かっていると、スマートフォンに着信があるのに気づく。知らない番号に眉を顰めながらも出ると、不機嫌そうな声が聞こえてきた。

「おい、お前仕事ほったらかしてどういうつもりだ。作りかけの資料どうするんだよ」

スマートフォンの向こうから聞こえてきた言葉に、身体の力が抜けていく。薄ぼんやりとした思考の中で、上司命令ですから帰ります、とだけ告げて電話を切った。

「はは……っ。馬鹿みたいだ」

どうしてこんなことになったのか。まともに働かせてもらえもせず、あれほど言われても頑《かたく》なに辞めようとしなかったのに、結果こんなふうになって、今度こそ壮志に愛想を尽かされてしまうかもしれない。そんなことを思いながら、条件反射のように家までの道筋を辿っていると、不意に正面から聞き慣れた声が聞こえてきた。

「……悠君？　どうしたの、こんな時間に」

気がつけば、家に着いていたらしい。いつも通りの着流し姿で門扉の前に立っていた壮志が、驚いたように目を見開いている。だが、悠の顔を見てきつく顔を顰《しか》めると慌てた様子でこちらに向かってきた。

「……どうしたの、真っ青だよ。ああ、いいからとにかく中に入って」

抵抗する気も起きず、手を引かれるまま家の中に入る。そうして玄関に上がった途端、ぶり返してきた胃の痛みで足を止めた。

「悠君。……仕事で、なにかあったね？」

慎重に声をかけてくる壮志に、なんでもない、と痛みで掠れた声を出す。ほんの少し上体を折り曲げ俯いていた悠の肩を、壮志が摑む。

「その顔で、なにもなかったとは言わせないよ。……話してごらん」

気遣いの滲《にじ》む声でそう言われ、堪えていたものが全て崩れ落ちそうになる。だが、ここで壮志に甘えてしまいたくないとかぶりを振った。

「なんでもない。……けど、会社は……、辞めることになる、と思う」

「……そう。それは、悠君が決めたこと？」

淡々と聞かれるそれに、頷くこともかぶりを振ることもできない。確かに、辞めてしまおうと何度も思った。だが、今回の件で辞めてもクビと変わらないだろう。

「どっちでも、いい。……俺が、仕事が……、できなかったってだけで」

吐き捨てるようにそう言うと、肩を摑む壮志の手に力が籠もった。痛みを覚えるほどの力にのろのろと顔を上げると、射貫《いぬ》くような鋭い眼差《まなざ》しで壮志がこちらを見ていた。

先ほど会社で周囲から向けられた視線を思い出し、身体が竦む。何を考える間もなく、怯《おび》えた心が、肩にかけられた壮志の手を振り払っていた。目を見張った壮志の顔が軽蔑に歪むのを想像し、ひくりと喉《のど》が鳴る。

「……しばらく、放っといて」

「悠君！」

「うるさ、……――!!」

怯えと高揚感がない交ぜになり、声を上げて部屋に駆け込もうと足を踏み出す。だがその瞬間、猛烈な吐き気がしてその場にしゃがみ込んだ。

「悠！」

手洗いに、と思う間もなく、込み上げる吐き気を堪えられないまま掌を口に当てる。胃の奥からなにかがせり上がってくる感覚とともに、掌で吐瀉物《としゃぶつ》を受け止めた。

「……――」

そして、その掌がどす黒い赤色で染まっているのを見た瞬間、悠の意識はぷつりと途絶えたのだった。

◇◇◇

「くそっ！」

周囲には聞こえないほどの小さな、だが呻《うめ》くように吐き出した壮志の悔しげな声に、水原の重い溜息が重なる。

人の少ない、救急病院の待合室。そこで、掌に爪《つめ》が食い込むほど強く握った拳を膝の上で震わせながら、壮志は、先ほど見た倒れた悠の姿を思い出していた。

あれからすぐ、壮志は救急車を呼ぶよりも早いだろうと、一番近くにある救急病院に連絡を入れた。悠の祖父母の病気もあったので、近所の病院の連絡先はすぐに連絡できるようメモしてあったのだ。

そして、状況を聞いた病院スタッフの指示に従いつつ、吐瀉物を喉に詰まらせないよう横臥させ、悠を車で病院へと運んだのだ。同時に、偶然仕事で連絡を入れてきた水原に悠が倒れたことを話し、恐らく入院になるだろうからと荷物を頼んだ。

「……ったく、だから言ったのに」

眉間を指先で揉《も》みながら、水原が呟く。そうして、奥歯を嚙みしめるように悔しげな表情を浮かべている壮志の背中を、軽く叩いた。

「なにがあった」

「……会社で、クビになるようなことがあった、らしい。仕事ができなかったから、って言ってたけど。なにかのミスがあったか……」

「はあ？　少なくとも、あいつがそんな判断されるような仕事するかよ。新人のミス程度でクビにするのもありえねえ」

「ああ。だからやはり、別の原因があったんだろう」

入社当初から、ずっと悠の様子がおかしかったのは確かだ。最初の一、二ヶ月は、慣れない仕事のせいもあるかと思っていた。残業の多さや休日出勤など、勤務状況の良い会社とはお世辞にも言えなかったため、早い段階から転職を勧めてもいた。

だが、責任感の強さゆえ悠は頷かず、かといって、無理矢理に辞めさせるのも違うだろうと躊躇い、踏み切れなかった。

とはいえ、ここ最近は、顔色も悪く体調も思わしくないようだった。徐々に痩せていく姿に我慢も限界で、数日前、思わずといったふうに涙を流していた悠の姿に、絶対に辞めさせようと説得方法を考えていた矢先だったのだ。

もちろん、最終手段として、病院に連れて行き無理矢理辞めさせることも考えた。

手を出しかねていたのは、悠の自立心に配慮してのことだった。昔から大人に囲まれていたせいか、悠は、自分が周りよりも劣っているのだと自己評価が低くなりがちなようだった。

もちろんそんな事実はなく、同年代に比べれば、むしろしっかりしている。

けれど、悠にとっての『社会人の姿』というのが、恐らく今の自分や水原だというのがなんとなく想像でき、下手に手を出せば逆に悠の自尊心を傷つけるとわかってしまったのだ。

(俺達だって、最初からなにもかもできたわけじゃない……)

そう言っても、悠にとっては、年の離れた自分達がそつなくなにもかもこなしていたように見えていたのだろう。

結局、悠が限界を迎えるまでなにもしてやることができなかった。いや、逆に先日の件で自分が追い詰めてしまった部分すらあったのだろう。

一番近くにいたのに、助けてやれなかった。そんな自分が、最も腹立たしかった。

もっと早く、強硬手段に出ればよかった。たとえ悠自身が抗ったとしても。

「悠に事情聞いて、後はちょっと本格的に調べるか」

そう言った水原に、ああ、と頷く。

「出版社の方は、誰か付き合いがないか聞いてみる。そっちは任せていいか」

「もちろん。ま、仕事内容見れば、伝手《つて》は探せるだろ」

悠を傷つけたくない。その一心で、これまでの関係を変えることを恐れていた。今回のことも、それと同じだ。結局は、自分が臆病だったせいでより一層ひどく傷つけてしまった。

傷つけずに守るために、怯えを捨てて行動するべきだったのだ。

後悔は、幾らしてもしたりない。ならばせめて、悠をあれほどまでに追い詰めた原因を探し出し、それ相応の報復をしなければ気が済まない。もしも誰かが意図的に傷つけたというのなら、絶対に許さない。

「ま、ひとまず仕事は辞めさせて、のんびりさせようや」

「ああ」

とにかく、今は身体を治すことが先決だ。しばらくは、ひたすら甘やかしてゆっくりさせよう。そう思いながら、壮志はようやく握っていた拳を解いた。

◇◇◇

ぼんやりと白い天井を見上げていると、どこからか小さく扉を開く音が聞こえてくる。首を傾けて入口の方を見ると、シャツにスラックス姿の壮志が入ってくるところで、身体の力を抜いた。

白い壁に囲まれた部屋は病院の個室で、悠以外の人間はおらず目隠しのカーテンも開け放たれている。身体を起こそうとする悠に足早に近づいてきた壮志が、ベッドを操作して上半身を起こせるようにしてくれた。

「ありがと。ていうか、毎日来なくてもいいのに」

まだだるい身体を持て余しつつも苦笑すれば、壮志が目を細めて優しく微笑む。

「俺が来たいから来てるだけだよ。それと、明日の退院予定は変更なしだって。ただし、しばらくは安静にすること」

「……わかった」

あの日、家に着いた直後血を吐いて倒れた悠は、壮志の手によって近くの救急病院に運び込まれた。そこで胃潰瘍《いかいよう》と診断され、そのまま入院となったのだ。潰瘍自体はかなり前からできていたらしく、小さいものの穿孔《せんこう》もあり、医者から我慢のしすぎだと淡々と諭された。すぐに内視鏡での止血と薬での治療が施され、経過観察のため入院期間は一週間ほどとなり今日に至る。

目覚めた悠は、会社を退職するようにという壮志の言葉にようやく頷いた。その後、滅多なことで身体を壊さない悠の入院を心配した母親が駆けつけ、会社が原因ならどうしてさっさと辞めないのかと叱られた。

壮志には、入社してから起きたことを詳細に問われ、ほとんどを話すことになってしまった。そして悠が我慢していた原因の一端が母親と自分にあると知り、ショックを受けた彼に懇願されてしまえばもう駄目だった。

『……頼むから、自分を粗末にしないでくれ』

ベッドの上で横たわった悠の手を握り、弱り切った声でそう告げた壮志の姿に、それまで張り詰めていたものが一気に緩み、久々に大泣きしてしまったのは、あまり思い出したくなかった。

どうやら、悠が眠っている間に会社から電話が入っていたらしい。勝手に出させてもらったよ、という壮志に構わないと頷くと、壮志がひどく淡々と話をしてくれた。

結局、悠への処分は厳重注意のみ、翌日から出社するようにというものだった。壮志からすれば、たとえばトラブルが悠のミスによるものだとしても、クビや処分対象となるものではなく、そもそも責任は管理する側にあるのだから当然だ、と断じた。

その電話で、悠が緊急入院となったため休む旨と、今後のことは本人から経緯を聞いた上でまた連絡すると伝えたらしい。

そして、悠から経緯を聞いた壮志は、早々に悠に退職届を書かせ——それも壮志が準備してくれたものに署名捺印しただけだ——手続きを済ませてしまった。

今更会社に戻る気はなかったが、展開の早さに茫然《ぼうぜん》としてしまったのは確かだ。ほっとするより先に、やはりこうして迷惑をかけてしまったことに、落ち込んでしまう。

「明日の朝退院だから、その頃迎えに来るよ」

「仕事、大丈夫？　……ごめん」

「ごめんはなし、って言っただろ。悠君以上に大切なものはないよ」

ベッドの隣に椅子《いす》を持ってきて座った壮志が、そう言いながら手を伸ばして少し乱れた髪を直してくれる。その優しい感触に頬を緩ませていると、安堵《あんど》したような溜息が聞こえてきた。

「壮志さん？」

「……やっと笑ってくれた。ずっと、元気がなかったから」

そう言って優しく苦笑している壮志の顔に、なんとなく恥ずかしくなり俯く。こちらに向けられている愛情に満ちた瞳は、嬉しいけれど落ち着かなかった。

「……少し、会社の話をしてもいい？」

壮志の気遣うような声に、逆に申し訳なさを募らせながら、こくりと頷く。

「資料の取り違えの件、先方が悠君に瑕疵はなかったと認めたから。責任者への厳重注意、ということで話がついた。悠君には謝罪の文書を送るそうだ」

「え？」

自分が退職して終わりだと思っていた事態に続きがあったらしく、瞠目《どうもく》する。すると、壮志が苦々しい表情を浮かべて続けた。

「悠君に直接嫌がらせをしていた男に関しては、確実な証拠が出せないから抜本的なところでは諦めるしかないけど……幸い、この間見舞いに来てくれた人を含めた数人が聴き取りに協力してくれたから、会社への抗議文書を送っておいた。個人情報の漏洩の件もあるしね。……ちょっとした脅しも含めて」

「え、え？」

脅し、という不穏な言葉に若干身を退《ひ》けば、たいしたことじゃないよと壮志が笑った。

「脅しの方は、俺じゃなくて、主に水原親子と佐緒里《さおり》さん。明らかに使えない人間を優遇してるような会社とは、関わり合いになりたくないって」

まあ、そんなたいした話じゃないから大丈夫。そう肩を竦めた壮志に、悠は血の気が引いてしまうのを感じた。

水原親子の事務所に所属しており、かつ、ファッション業界などのキャンペーンで大手企業の広告モデルを務めている女優やモデルの数は、割合多い。仕事先でさりげなく、あの会社は信頼できないといった話でもされれば、巡り巡って損害を被ることになるだろう。これが親会社であればともかく、規模も小さい——言い換えれば替えのきく子会社ならば、イメージがなにより大切な企業は特に切り捨てる可能性が高くなる。

「うわ……」

微妙にえげつない。自分のことながらそんなふうに考えていた悠に、これでも甘いくらいだよと壮志が眉間に皺を刻んだ。

「誰に手を出したのか、しばらくしたら身に染みるんじゃないかな。まあ、それでもその男に何の処分も下せないようであれば、そこまでの会社だってことだ。悠君が気にしてやるようなことは、欠片《かけら》もない」

悠のために、こんなにも腹を立ててくれていたのだ……。剣呑な壮志の表情とは裏腹に、悠の頬は緩んでいく。けれど、やはり心配は尽きずすぐに笑みは掻き消えた。

「でも壮志さんに、もしなにかあったら……」

「それは、悠君が頭を悩ませることじゃない。その男が関わらなくても、あることないこと吹聴される世界だから。それに、俺はイメージで売ってるわけじゃないし、大丈夫」

「大丈夫じゃないよ！　それでもし、壮志さんの本にけちがついたら……」

「そこは、俺の筆力の問題かなあ。まあ、売れる売れないはその時の運みたいなものだし、佐緒里さん達ほどのダメージはないよ」

子供を慰めるように頭を撫でられ、がっくりと肩を落とす。そうして落ち着いてみれば、妙にすっきりとした気分だけが残った。

「……どのくらいいたら、ちゃんと働いたことになるのかな、って思ってたんだ」

ぽつりと呟いたそれに、壮志が軽く目を見張る。

「折角就職したのに、我慢が足りなくてすぐ辞めたって思われたら、じいちゃんばあちゃんに申し訳ないなって……。『後ちょっとで辞めよう』ってずっと思ってた」

けれど、下手な辞め方をしてしまうと、壮志に迷惑をかけてしまうかもしれないという状況に陥り、なおさら辞めるのが怖くなってしまったのだと呟いた。

「悠君は、馬鹿だねえ」

「悪かっ……」

しみじみと言われ、むっと唇を尖《とが》らせながら抗議しようとすると、腰を上げた壮志が唇を重ねてくる。軽く触れ合わせたそれはすぐに離れていき、唇を噛んで俯いた。

「俺を守ってくれてありがとう、悠君。でも、君を守るのが俺の役目だから、それは忘れないように」

「……なに、それ。知らないよ」

どこまでも甘やかすような声に答えた自身の声は、自分でも恥ずかしくなるほど甘えたものになってしまっており、しばらくの間、悠は顔を上げることができなかった。

◇◇◇

退院してから一ヶ月以上が過ぎ、風呂上がりの悠は壮志の仕事部屋で、ベッドの端に座りぼんやりとしていた。パジャマ姿の膝の上には愛猫が陣取って眠っており、その温《ぬく》もりにつられてうっかり悠まで眠くなってきてしまう。

カタカタと規則正しく鳴るキーボードの音が、さらに眠気を誘う。それでもなんとか眠気に耐えようとしていると、くすくすと小さく笑う声が聞こえてきた。

「眠かったら、寝てていいよ」

「……起きてる」

眠気を覚ますように一度強く瞼《まぶた》を閉じた悠が再び目を開くと、仕事用の眼鏡をかけた壮志が優しく目を細めてこちらを見ていた。仕事の邪魔をするつもりはないが、ぼうっとするにも暇を持て余してしまうため、壮志の机の上にある自分のスマートフォンをじっと見つめた。

「まだ駄目」

「……そろそろ良くない？　もう全然痛くないし」

「薬、後もうちょっとだろう？」

「そうだけど……。え、まさかまだなんか来てるの？」

眉を顰めた悠に、にこりと壮志がわざとらしいほどの笑みを浮かべる。

やりすぎだとは思うのだが、家で倒れてからずっと、悠のスマートフォンは壮志に取り上げられていた。プライベートの侵害、と文句は言ってみたものの、元々壮志に隠すようなものは入っておらず、壮志が根回ししたのか、水原達は家の電話にかけてくるため別段不自由もしていなかった。ただ、暇つぶしにちょっとネットを見ようかなという時に不便だというだけだ。友人達からの連絡やメールについては、壮志監視のもとで見せてくれる。

そしてなぜ取り上げられたかを問えば、ストレスの原因を取り除く一番の方法——退職した会社との連絡を遮断するためだと、こともなげに言われた。

（……多分、伊上さんからなんか不穏な連絡でも入ってるんだろうなあ）

勘だが、恐らく間違ってはいまい。着信やメール等の履歴を残しておくために管理してくれているのだろう。なにより、万が一にも悠が直接対応しないように、と。

家の電話については、必要な連絡先は全て登録しており、セールスの相手をするのが面倒なため登録のない電話には元々出ないようにしている。

この家を壮志が買い取った時点で、固定電話の名義も壮志のものにして番号を変えたため、祖父母に関わる用件で電話がかかってくることもない。

過保護にされてるなあ、とつくづく思う。だから、実のところ悠が打たれ弱いのは壮志達のせいではないかと思っている。

この間、遊びにきた水原にそう愚痴混じりに言えば、確かに打たれ弱くはあるが、お前の場合根性でカバーしちまって逆にしぶといんだよ、と大笑いされたが。

結局のところ、悠一人ではなにも解決できなかった。どうにかしようともがいて、でもなにもできず、周りに心配をかけただけだ。初めての就職が大失敗に終わったことも含め、退院した悠が落ち込んでいると、水原は馬鹿な弟を見るような目で悠を見遣《みや》った。

お前が悪かったところは、誰にも相談しなかったことだけだ。

周囲にこれだけ経験を積んだ——しかも、そこそこ業界に顔の利く大人が揃《そろ》っているんだから、むしろそれを利用するくらいの強《したた》かさを持て。そう言って、軽いげんこつ一つで心配をかけた悠を許してくれた。

「あ。そういえば、薬飲まなくてよくなったら、次の仕事が見つかるまで紀兄《のりにい》のところでアルバイトさせてもらうことになったから」

「……——」

再びキーボードに向かっていた壮志にそう告げると、指がぴたりと止まる。

「……なんで？」

「なんでって、じいちゃん達が色々残してくれたとはいえ、働かないと……」

「別に、次の仕事探す間ならアルバイトする必要はないよね？」

「生活費入れられないし」

「働いてない間は、入れなくていいよ？」

「いや、そんなわけには……」

押し問答を続けた末、どこか拗ねたように壮志が呟く。

「それなら、うちで俺の仕事手伝ってくれてもいいのに……。ちゃんとお給料出すよ？」

「確実に公私混同になるから、嫌」

「……っ！　そんなはっきり嫌って言わなくても」

しょぼしょぼと肩を落とす壮志に、ほら、と悠がパソコンを指差す。

「後ちょっとなんだろ？　早く終わらせようよ。……邪魔だったら向こう行くから」

「いいよ。悠君いた方が落ち着くから、そのままそこで正太郎さんの相手してて」

くすりと笑った壮志が、再びパソコンに向かう。これ以上邪魔をしないように、愛猫の毛並みを堪能しながら再びぼんやりとする。

退院して以降、悠は子供返りしてしまったかのように、この部屋に入り浸るようになった。

なんとなく、人の気配がしないところで一人でいるのが嫌だったのだ。仕事の邪魔になるようだったら止めようと思っていたのだが、幸い壮志は、幼い悠が仕事中に入り浸っていたこともあり人の気配があまり気にならない方らしく、悠の好きにさせてくれていた。

(俺がここにいる意味って、なんだろう……)

不意に目を覚ました正太郎が膝の上から下りたタイミングで、ぱたり、と壮志のベッドに横になる。すると、一度ベッドから下りた正太郎が再び上がってきて、悠の顔近くで丸くなった。愛猫からする暖かなお日様の匂いに頬を緩ませながら、そっと仕事中の壮志の横顔を盗み見る。

祖母がいた頃から、仕事中の壮志の世話を焼くのが悠の仕事だった。家事全般をしつつ、集中すると机から離れない壮志を引き剝《は》がす。悠がそれをやらないと、壮志がまた倒れてしまう。そんな気持ちがいつもどこかにあった。

壮志の身の回りのことをするのが、自分がここにいる意味なのだと。心のどこかでそう思っていたのかもしれない。

(実際には、そんなことないんだよな……)

こうして、改めて冷静に見てみると、壮志は基本的に大抵のことは自分でこなす。この半年以上、色々と余裕がなかったためあまりきちんと気づいていなかったが、悠が働き始めてから家の中が雑然としていたことはほとんどない。もちろん、休みの日に悠がまとめて片付けていたとはいえ、日々、それなりにきちんとしていなければ維持はできないものだ。

じゃあ、なんでいまだに自分は壮志の世話になってずるずるとここに住んでいるのか。そう思えば、折角治りかけた胃が再びしくりと痛む気がした。

自分には、一体なにができるのだろう。……――今まで、なにができていたのだろう。

そう思うと、足下が途端に崩れていくような気がした。

（壮志さんが、優しすぎるから……）

居心地が良すぎて、離れられないのだ。そんな理不尽な文句を心の中で呟きながら、そっと目を閉じる。

いつの間にうとうとしていたのか、小さく身体が揺らされる感触がした。ふっと覚醒して目を開けば、苦笑した壮志の顔が近くにある。

「ほら、ちゃんと布団《ふとん》に入って。俺も、もう寝るから」

「……終わった？」

「今日のところはね。……悠君？」

こちらを覗き込んできていた壮志の首に腕を回す。そのまま引き寄せると、慌てた様子もなく壮志が顔を近づけてきた。

「まだ治ってないだろ？」

「痛くはないよ」

そう言って唆《そそのか》すように壮志の首筋に顔を埋《うず》めると、壮志がふっと微笑む気配がした。呆れられてはいなさそうなことにほっとしていると、首に回された腕を一旦外させ、ぎしりとベッドに乗り上がってきた壮志が悠の身体を跨《また》ぐ。

「余計なことを考えずにすむように、寝かせてあげようか」

こちらを見下ろし目を細めた壮志の笑みに、ぞくりと身体が震える。就職して以降、壮志は悠の身体を気遣うばかりで触れようとはしなかったため、もうこういう触れ合いは壮志の中で終わったのだと思っていた。

「……壮志さん？」

どきどきと痛いほどに高鳴る心臓の鼓動を感じながら、悠は、わずかに滲む視界で壮志を見つめた。そんな悠の表情に、なぜか壮志はどこかが痛むように表情を歪める。

そうかすかに呟いた声は、覆い被さるようにのしかかってきた壮志の唇に、ゆっくりと飲み込まれていくのだった。

◇◇◇

「えー……。これ、一体なに……」

壮志が珍しく仕事で外出したその日の朝、こちらもまた珍しく母親から電話がかかってきたのだ。手短に用件だけを告げ切られたそれに首を傾げながらも、指定された水原の事務所へ向かった。

そしてそこで待っていた水原に連行された先は、さほど大きくないビルの一室にあるフォトスタジオだったのだ。

「悠、なにぼけっとしてるの。時間ないんだから早く早く」

「……いや、母さん。その前に説明は？」

「そんなの、後でいいでしょ」

水原に押されるようにして入ったスタジオで、母親である佐緒里は腕を組んで待ち構えていた。背中にかかる悠と同じ薄茶色の髪は動きやすいように綺麗《きれい》にまとめてアップにしている。悠が幼い頃から変わらないほっそりとした体軀《たいく》にシャツとジーンズというラフな服装をまとった姿は、完全なオフ仕様だ。

そして佐緒里は、入ってきた悠の姿を見るなり腕を摑み、パーティションで区切られた空間に悠を放り込んだ。

「え、なに、母さん今日休み？」

「そうよー。久々にね。だからあんたでちょっと遊ぼうと思って」

ぱっと見た限り、ここにいるメンバーは悠達の事情を知る者ばかりだ。というより、こういう時に事情を知らない人間は絶対に入れない。悠も素で話すことができた。

パーティションの中にいた、顔なじみの――水原の事務所でスタイリストとして働いている女性スタッフが、にこやかに洋服を渡してくる。着替えろ、という無言の圧に押されながら手早く服を脱いで着替えると、脱いだ洋服を畳んでパイプ椅子の上に置きパーティションから出ていった。

「ああ、やっぱり似合うわ紀行《のりゆき》君、これ買い取るって言っといて？」

「了解です」

着せられた服は、多少カジュアルさはあるが、フォーマルな場所でも着られそうな濃いグレーのジャケットとスラックスだった。中に着ているデザインシャツは襟《えり》ぐりの広いもので、ネクタイの代わりに、渡されたＩＤタグのネックレスを着けた。

柔らかな髪をセットし、軽くメイクをされたところで、佐緒里がセットの方を指差す。

「ほら、あっち行って写真撮ってもらってきて」

相変わらずの大雑把な説明に、肩を竦めてそちらへ向かう。そこにいるのは、水原親子の事務所と付き合いのある顔なじみのカメラマン――道重《みちしげ》で、久し振りに会う男の姿に思わず苦笑した。

「お疲れ様です。相変わらずですね」

「久し振りー。すっかり大きくなったなあ」

「一年前と変わってないし」

実のところ、幼い頃から知られているため、知り合いというよりはたまに会う親戚《しんせき》のおじさんという感覚の方が近い。佐緒里や水原の母親が悠で遊ぼうとする時は、大抵呼び出されている。

「ていうか、忙しいのにこんな遊びに付き合う時間は捻出するって……」

「いやあ、いい素材は撮り逃したくないだろ？　お前、あんまり付き合ってくれないし」

幼い頃、熊さん、と面と向かって言ってしまったほどがたいのいいカメラマンの野太い腕で背中を叩かれると、地味に痛い。叩かれたそこをさすりながら、ほら、そっち行って、と言われ置かれたソファに腰を下ろした。

昔から、一、二年に一回は、佐緒里か水原の母親の発案でこういう撮影ごっこ的なものに付き合わされているため、撮られること自体に忌避感はない。壮志のために色々な衣装を着て撮られることを拒否しなかったのも、これがあったからだ。

(まあそれでも、この手の格好で外出したことはなかったけど……。しかも女装)

冬の海に、女性の姿で壮志と出かけたことを思い出し、溜息をつく。あれはさすがに、壮志から頼まれたのでなければ絶対やらなかっただろう。小説のどのあたりの参考になったのかは、いまだにわからないままだが。

道重に声をかけられながら、適当に動く。本物のモデルのように自分からポーズを決められるわけではないので、そこは指示されるがままだ。道重の世間話に付き合いながら数枚の写真を撮られていると、入口から誰かが入ってくる音がした。

「こんにちはー」

そう言って入ってきたのは、壮志や水原と同年代くらいだろう男で、悠は見たことがない人だった。だがすぐに、その人がどういう存在かぴんとくる。

(今度はだいぶ年下だなー)

若干居心地悪そうに、スタジオの中にいる人達に頭を下げている男が、佐緒里と視線を合わせにこりと笑う。その笑顔がどこか壮志を彷彿《ほうふつ》とさせ、実は親子で好みが似ているのだろうかとつい真剣に考えてしまった。

そう。恐らく——いや、確実に、あの男は母親の今の恋人だ。悠が母親の恋人と顔を合わせることは、なんらかの偶然によるもの以外ではほとんどない。そのため、この場に恋人を呼んでいたことに驚いてしまった。

とはいえ、それは佐緒里が息子を気遣ってというわけではなく、単に会わせる理由がないからという単純明快なものだった。

『あんたが会いたいなら、会わせるけど』

以前、母親が付き合ってる相手は雑誌でしか見たことがない、と言った時、不思議そうな顔で「会いたいの?」と聞かれたのだ。いや、別に会いたくないけど、と返したのは本心だ。母親の恋人に会っても、お互いが微妙な感じになるだけで、悠にとっても得はない。

「こんにちは、初めまして。君が、悠君かな」

「はい。深澤悠です。えっと……」

「三井智紀《みついともき》と言います。普段は、トモキって下の名前だけで、モデルをやってるんだけど」

「トモキさん、ですね。すみません、俺、知り合い以外は色々疎くって……」

知らない、と言えば角が立つかもしれないと思いあらかじめ頭を下げておくと、あはは、とトモキが快活に笑う。

「大丈夫だよ。そこまでの知名度はないから」

よくよく見れば、身長も壮志と同じくらいに高い。顔も小さく、全体的なバランスも良い。そして、とにかく足が長い。これは雑誌モデルなどよりもランウェイだとか、そういった方向で活躍できるんじゃないだろうか。そう思いながらまじまじと観察していると、トモキがどこか居心地悪そうに苦笑した。

「ほら、お見合いしてねえで、二人ともソファに行け。とりあえず、座ってなんか喋《しゃべ》ってろ」

道重の大雑把な指示に、はーい、と返事をする。さすがにトモキは慣れたもので、自然にポーズをとるようにして座っていた。

「あー、母がなんか無理言ったのならすみません。居心地悪いですよね」

思わずそう声をかけると、すぐに驚いたような顔が向けられる。

「え？　いや、まあ話を聞いてびっくりしたけど……。俺のこと、知ってるの？」

それは、モデルとして、のことではないだろう。そう察した悠は、カメラの方を向いたまま肩を竦めた。

「知ってる、というか。俺がいるところにあの人が連れてくるなら、まあ、そういう相手なんだろうなって。ここにいるの、大体の事情を知ってる身内みたいな人ばっかりなんで」

「ああ、そうか……。うん、えっと、ごめん」

どうして謝られているのかがわからず、トモキの方へ視線を向けて首を傾げた。

「なにがですか？」

「いや、嫌なものじゃないかな、普通。母親の恋人が……って」

「別に、今更どうこう言う年じゃないですし。むしろ再婚しないで恋人ばっか作ってるあの人の方がどうかと思うので」

「ああ、いやそれは違うと思うよ」

小さく笑いながら言われたそれに、どういうことかとますます首を傾げてしまう。そんな悠の耳元にそっと顔を寄せてきたトモキが、他には聞こえないように潜めた声で教えてくれた。

「付き合う時にね、言われたんだよ。自分はもう、よほどのことがない限り、息子以外に家族を作るつもりはないから、それでもいいのならって」

「……え？」

「恋人と家族は違うから、って。そう、佐緒里さんは言ってた」

「……それで、いいんですか？」

少しだけ顔を離したトモキを窺うように見ると、華やかな——けれど嘘のない笑みで「もちろん」と告げた。

「それでもいいから、ってお願いしたのは俺だよ」

「そう、ですか……」

どこか茫然としたまま呟くと、ふっと眉を下げたトモキがこちらを覗き込んでくる。

「ごめん、なんか気を悪くさせちゃったかな」

「……いえ。改めて思うと、この年で親の恋愛話とか、微妙すぎて聞きたくないなあって」

トモキと目を合わせ、眉を顰めてそう言えば、呆気《あっけ》にとられたようにこちらを見たトモキが堪えきれないように吹き出す。確かに、と面白そうに笑うトモキにつられ、つい悠も笑ってしまった。

「お前達、どうでもいいけど、撮られてる時に大口開けて笑うなよ」

呆れたような道重の声に、笑いが止まらないままごめんなさいと告げる。

そうして、悪乗り気味な道重の指示のもと、トモキと二人での写真を撮った悠はようやく解放された。

「あー……、疲れた」

「悠君、普段モデルやってるの？」

不思議そうにトモキに聞かれ、いいえ、とかぶりを振った。

「そう？　それにしては凄《すご》くカメラに慣れてるみたいだったけど」

「ああ。それは、昔から――それこそ子供の頃から、母親とか知り合いにこんな感じで撮られて遊ばれてたんで。普通よりは慣れてるんじゃないかと……」

「小さい頃は、壮志にべったり張り付いたまま離れなかったけどな。おかげであいつも撮れて一石二鳥だったが」

昔を思い出すように笑った道重に苦笑する。そして、誰のことだかわからないだろうトモキに説明した。

「俺が昔からお世話になってる人で、壮志さんって人がいて。その人も、昔モデルのアルバイトやってたことがあるんです。兄みたいな人で、よく面倒見てくれてたから」

「へえ。壮志……あれ、もしかして東原壮志？」

「……っ。え、知ってるんですか？」

「うん。佐緒里さんの家に本があったし。これはまだ内緒だけど、今度、映画化されるだろう？　それにちょい役だけど出させてもらう予定なんだ」

黙っててね。そうこっそり言うトモキに、苦笑しながら頷く。

「そっかー。俺、ずっとあの人の本大好きだったんだよね。だから、今度の映画も楽しみで」

「……伝えときます」

壮志の作品を褒められたことが自分のことのように嬉しくなり、堪えきれずに笑みが零れる。その瞬間、カシャリ、と音がしてそちらを見れば、道重がファインダーを覗いたまま親指を立ててきた。

その様子に二人同時に吹き出してしまう。久し振りに気持ち良く笑うことができた。


「……再婚、しないって？」

壁際に置かれたパイプ椅子に並んで座ると、悠は隣でコーヒーを飲んでいる母親にちらりと視線を向けた。次の仕事があるからと一足先にスタジオを後にしたトモキを見送り、悠の着替えも終わった。他の人達は全員スタジオの片付けをしている。悠も手伝おうとしたが、久し振りに話してこいと水原に言われ、佐緒里の隣に座らされたのだ。

「絶対にしないとは言ってないわよ。あの人と悠以外で、家族になりたいと思う相手に出会わない限りしない、って言ってるだけで」

真《ま》っ直《す》ぐに前を向いたまま淡々と答えた佐緒里に、思わず苦笑する。

「俺のことは、気にしなくてもいいよ？」

そう告げると、こちらを見て目を細めた佐緒里に指で額を弾かれた。

「生意気になったわね」

笑いながら言われ、そりゃあもう子供じゃないしと額を押さえて呟く。

「身体は？　もう大丈夫なの？」

「……平気。経過はいいらしいよ。薬も今飲んでるので終わり。心配かけてごめん」

「子供は幾つになっても心配をかけるものよ。まあ、私が言うことでもないだろうから、その辺は壮志君に任せるわ」

「えー、そこは自分でしようよ」

壮志に子守を押しつけてどうする。そう言えば、佐緒里が不思議そうな顔で悠を見た。

「なに、あんたまだそんなこと言ってるの？」

「え、なにそれ」

意味がわからず問えば、ふうん、と意味深に呟いた佐緒里が悠から視線を外した。その表情になにか不穏なものを感じ眉を顰める。

「なに、母さん」

「別にー。それよりあんた、仕事探すならモデルやれば？　別に、嫌いじゃないでしょ」

「嫌いではないけど……。向いてないっていうか、俺は安定した仕事につきたい」

だがその言葉を、佐緒里は鼻で笑ってたたき落とした。

「いまどき、安定した仕事なんてないわよ。まあ、あんたの場合は確かに意欲が問題よね。

資質があっても貪欲さが足りないもの。その融通の利かない真面目な頑固さはあの人似だわ」

やれやれと父親のことを引き合いに出され、知らないよ、と唇を尖らせる。

「別に、モデルでトップを目指したいとかじゃないし。地味な仕事の方が向いてるよ」

「私に似たその顔で、地味に生きられると思ってるの？　今回のだってそうじゃない」

「……――」

自分の顔の商品価値を正しく知っている佐緒里だからこその言葉だ。強い、と思いながら、この強さがあれば自分はもっと胸を張って壮志の傍にいられたのだろうかと考える。

「小さい頃、私や由紀《ゆき》達が連れて行けそうなとこには連れて行ってたから、そういう意味での度胸はあるし。別に生涯の仕事にしろって言ってるわけじゃないわ」

由紀、というのは佐緒里の親友でもある、水原の母親のことだ。そう。小学生になり祖父母の家で暮らすようになるまで、佐緒里は時々悠を仕事場にも連れて行っていた。もちろん、付き添ってくれたのは佐緒里のマネージャーだったが、自分のイメージに関わるというのに、佐緒里は子供の存在自体は特に隠していなかったのだ。ただ、一般人として暮らしているため、日常に影響が出ないよう事務所を通じてマスメディアを牽制《けんせい》していただけで。

「まあ、つまり可能性も辿る道もたくさんあるんだから、多少寄り道したっていいわよ、っていうこと。公務員じゃないのなら、仕事を一つに絞る必要だってないんだし」

「……わかった」

佐緒里なりに、悠のことを心配してくれていたのだろう。あまり難しく考えるな、というそれに笑い、頷いた。

そして、そんな悠にちらりと視線を向けた佐緒里が、再び前を向いて呟く。

「それから、さっきの話じゃないけど。……家族になりたいと思う人ができたら、絶対に手を離しちゃだめよ。ああ、ただしちゃんと家族になる資格がある人限定だけど」

笑いながら言ったそれに、どういう意味だろうと視線で問う。すると、珍しく苦笑した佐緒里が「ごめんね」と呟いた。

「私は、私のやり方でしか生きられないから、こんなふうだけど……それが、悠にとってあんまりよくない方向で影響が出ちゃったのは、悪かったなと思ってるの」

「なにそれ、別に……」

そんなことはない、と言おうとした言葉は、だが佐緒里の淡々とした声に遮られた。

「人との繋がりって、一つじゃないのよ。変わっていくし、増えてもいく。切れもするけど、もう一度繋ぐことだってできる」

口を噤みじっと見ていると、ちらりとこちらを見た佐緒里が目を細めた。

「もちろん、どうにもならないことも多いけど。それは、なんだって一緒よね。やってみなきゃ、わからない」

抽象的なそれは、だが、なぜかすんなりと悠の中に入ってきた。

恋人、という関係性。家族、という関係性。

どちらかに変われば、どちらかがなくなるわけではない。繋がりを減らすのか、増やすのかは自分次第だと。……多分、そういうことだろう。

「……――恋は、いつか終わるわ」

そして続けられた言葉に、ひやりとする。どきどきと嫌な感じで鼓動が速くなり、息苦しさを感じた。

「だけどね。……愛は、育つのよ。色んな形でね」

「……え？」

「そこを、間違えちゃ駄目」

セットされたままの髪を、細い指が軽く混ぜる。その優しい感触は幼い日のものと変わらず、じわりと涙が滲みそうになる。

「なんか、初めて母親らしいこと言われた気がする」

滲んだ涙は見せたくない。俯いて瞬きでそれを払うと、照れ隠しにそんな憎まれ口を叩く。それがわかったのだろう。母親が楽しげな笑いとともに、頭の上に軽くげんこつを落としてきた。

「初めてじゃないでしょ。……多分」

こういう時に自信満々に言い切れないところが、自分とよく似ている。そう思いながら、悠は母親に再び文句を言われるまでくすくすと笑い続けた。

◇◇◇

仕事の打ち合わせだと呼び出された先――水原の事務所で、壮志は零れそうになる溜息を噛み殺していた。

いつも通り社長である水原の執務室に通され、中に入った時、待っていたのは当の水原ではなくよく見知った女性――悠の母親である佐緒里だった。応接ソファに座って、のんびりと紅茶を飲んでいた佐緒里は、壮志の顔を見ると気軽に手招いて目の前の席を指差したのだ。

つまりは、逃げずに座れ、ということだ。

「それで、今は空き時間ですか？」

「そう。一時間で出なきゃいけないから、手短に用件だけ伝えるわね」

ちょうど腰を下ろしたところで、古参の事務員が紅茶を運んできてくれる。どうぞ、とテーブルの上に置かれた紅茶に礼を言うと、彼女はすぐに出ていった。

「この間、悠に会ったんだけどね」

「聞きました。また撮影会したそうですね」

「そう。ああ、心配しなくてもちゃんと写真ができたら渡すから。紀行君からもらって頂《ちょう》戴《だい》」

「……ありがとうございます」

実のところ、昔から佐緒里達が悠をおもちゃにして撮影会をした時は、必ず写真をもらっていた。それらは全て、壮志の部屋にあるアルバムに大切に保管されている。

「でね、その時に話したんだけど……。壮志君、あの子にまだなにも言ってないの？」

やや険を含む声で言われ、嫌な予感が的中したことを知る。

「それとなく伝えてはいますが……。まだ、信じてはもらってないですね」

「あの子のペースに合わせてたら、一生伝わらないわよ。逃げても捕まえるくらいの気概をみせなさい」

そう言いながら、佐緒里がバッグから数枚の写真を取り出す。テーブルの上に置かれたそれを見た瞬間、壮志はきつく眉間に皺を刻んだ。

見知らぬ男――恐らく、佐緒里の関係者だろう――と写っている悠は、ここ最近の憂いがなかったかのように楽しげに笑っている。その中の一枚をそっと手に取った。

「……――」

もう一人の男の表情は見えない。だが、悠は写真の中で恥ずかしそうに――けれど堪えきれない嬉しさを滲ませるように笑っていた。それは、身内以外では、壮志の前でしか見せなかった類《たぐい》のものだ。

「良い写真でしょう。貴方《あなた》以外の前でもこんな顔ができるんだから、まんざらでもないって感じじゃない?」

楽しげに笑う佐緒里を睨みつけるように見遣れば、私を睨まないでよとばかりに肩を竦めた。そうして、のんびり紅茶を飲みながらさらに嫌な言葉を続ける。

「本人は向いてないっていうけど、別に、モデルが向いてないわけじゃないのよ。一生涯の仕事にはならないだろうなっていうだけで」

だから、他にいい仕事が見つからないようならモデルをやってみればいいと勧めておいた、と、さらりと言った。

「……不特定多数に見られる仕事は、向いていないと思いますよ」

「そうかしら。子供の頃から触れ合わせてきたから、撮られることには抵抗がないのよ。全く。カメラが気にならないっていうのは、それだけで一つの才能よ。恋愛関係を除けば度胸もあるから、やればそれなりにこなすと思うわ」

眉間に深く皺を刻み、ちっと礼儀もなにも捨てて舌打ちすると、佐緒里が苦笑する。

「本当に、貴方の愛想の良さは悠以外には発揮されないわね」

「他人に愛想良くしても、意味がありませんから。……まあ、貴女《あなた》は悠の母親ですし、女優としては尊敬していますよ」

母親としての貴女はともかく、と言い添えると、特に気分を害した様子もなく楽しげに佐緒里が笑った。

「悠を、これ以上人前に出す気はありません。俺は、あの子を逃がす気は微塵《みじん》もありませんから」

佐緒里に挑むように鋭い視線を投げる。すると佐緒里が、おおげさに呆れたような表情を作る。

「どうしてそれを、本人に言えないの？　……まあ、あの子の不安定さと、恋愛に対しての臆病さは私の責任でもあるけど」

だからこそ、せめて悠が幸せになれるだろう相手にと思って、あの家も渡したのに。そう告げた佐緒里は「いい？」と、言い聞かせるように続けた。

「貴方があの子の本心を引き出せないのなら、あの家に住まわせる理由はないわ」

その時は、悠をあの家から出すからそのつもりで。

そんな佐緒里の言葉に、反論することができないまま、壮志は固く拳を握り締めるのだった。

◇◇◇

ピピピ、とタイマーが鳴る音に、座卓の前に座っていた悠は顔を上げた。座卓の上にはノートパソコンが置かれ、画面には転職サイトが映されている。

ノートパソコンの横――マウスを操作する手元では、正太郎が丸くなっており、微妙に作業を邪魔されていた。

「正太郎さん、お鍋見てくるからちょっと動くよ」

そう声をかけて、正太郎の下から手を引き抜くと、ぴくりと愛猫の身体が動いて起き上がる。文句を言いたげに身体を起こしてこちらを見るヘーゼルの瞳に、ごめんね、と苦笑すると腰を上げた。

台所に行き、弱火でかけていた鍋の蓋を開ける。そこには、今日の夕飯にしようと思っている豚の角煮が入っていた。朝から下ゆでをしており、今は、味つけして煮込んでいるところだった。

「そろそろいいかな……」

色も綺麗についている。中を確認して火を止めると、蓋を開けないまま置いておく。味を染みこませるため夜までこのまま冷まし、もう一度温めたらちょうどよくなっているはずだ。

「にゃー……」

匂いに誘われたのか、足下に寄ってきた正太郎の姿に、その場にしゃがみ込む。

「正太郎さんもおやつ食べる？」

そう言って立ち上がると、ストック棚の中に仕舞っておいた壮志が買ってきてくれたフリーズドライの鶏ささみを取り出す。すると、おやつをもらえるのがわかったのか、足下をそわそわするように歩き始めた。

「そんなに慌てなくても逃げないよ」

笑いながらそう言うと、中から鶏ささみを一欠片取り出す。小さめのそれを正太郎の口元に持っていくと、ご飯の時よりも勢いよくかぶりついた。

「あはは、美味《おい》しい？」

一生懸命食べている姿に頬を緩めると、残りは再び棚の中に仕舞う。そんな悠の動きを正太郎はじっと見ているが、棚の中に入っているものは触ってはいけないと心得ているのだろう。無理に動こうとはしない。

再びその場にしゃがみ、正太郎の喉を指先でくすぐるように撫でる。

「……どうしようか、正太郎さん」

ごろごろと気持ちよさそうに目を細めている正太郎に、溜息交じりの愚痴を零す。

「仕事を探して、それから……」

しなければならないことを挙げようとして、やはりそこで止まってしまう。ここから引っ越すか否か——壮志の下から離れるか、否か。

「家族、か」

一週間ほど前、佐緒里から言われた言葉を反芻《はんすう》する。

恋は終わる。けれど、愛は育てていくものだと。そして、人との繋がりは増やすこともできるのだと。あの言葉で、悠の心の中にひっかかっていたなにかがすとんと落ちた気がした。もしも、壮志に好きだと言ったら。もしも——万が一、壮志が自分に触れてくれるあの手に、少しでも希望があるのなら。

好きだよ、と。そう言ってくれた壮志の声が脳裏に蘇り、どきりとする。これまでに感じたことのない、甘い胸の疼《うず》き。壮志の恋愛対象に、悠は入っていないかもしれない。けれど、心のどこかで、もしかしたらという希望が湧いてくる。

(たとえ駄目でも……)

悠にとって、血縁以外で家族になりたい人は、今も昔も壮志以外にはいない。『家族のような』存在ではなく、きちんと繋がりのある『家族』。

好きだと——自分の気持ちを伝えたら、壮志との『家族のような』関係すら終わってしまうのではとずっと思っていた。だが、悠がそうならないための努力をすれば、少なくともこれまでのような繋がりは保てるのではないか。そう思い始めてきたのだ。

「あれ?」

からり、と玄関の扉が開く音がして、立ち上がる。するりと悠の傍を離れた愛猫は、そのまま再び居間へと戻っていった。急ぎ足で台所を出て玄関に向かうと、そこには案の定、仕事で出かけていた壮志の姿があった。

「おかえりなさい、壮志さん。早かったね」

水原の事務所で仕事の打ち合わせをするだけだと言っていたから、さほど遅くはならないと思っていたが、それでも思った以上に早かった。そう問うと、悠を見て「ただいま」と言った壮志がそのまま靴を脱いで上がり、悠の傍までできた。

「壮志さん、なにかあった？」

いつものように優しい笑みの浮かんでいないその顔を見上げると、壮志が、着ていたジャケットの内ポケットから一枚の写真を取り出す。

「あ、それ！」

見せられたそれは、この間、佐緒里に呼び出されて撮られたものだった。しかも、壮志のことを話していた時のもので、恥ずかしさから取り上げようと思わず手を伸ばす。だがそれを避《よ》けた壮志が、いつもとは違う様子で目を眇めた。

「壮志さん！　それ返して……っ」

だが、写真の方に気を取られていた悠はそれに気づかず、手の届かない場所に上げられた写真を取り返そうと手を伸ばした。

「どうして？　見られてまずいものじゃなければ、別に構わないだろう？」

淡々とそう言われ、そこでようやく壮志の雰囲気がいつもと違うことに気づく。伸ばしていた手を下ろし壮志を見ると、どこか探るような鋭い瞳でこちらを見つめていた。

「え……？」

「この男、知り合い？」

「いや、初対面だったけど……」

「そう。……それで、こんな顔をするんだ」

ぼそりと呟かれたそれは聞こえず、悠は眉を顰めた。

「壮志さん？」

「どんな人だった？　悠君、気に入ったんでしょ？」

「気に入ったっていうか……。うん、まあ話しやすかったし良い人だったよ。すごく真面目な人だったし、この人なら安心かなって」

母親の恋人とまともに顔を合わせたのは初めてだったが、気軽に話せたし、悠のこともきちんと気遣ってくれる人だとわかったため、安心したのだ。

素直じゃないけど、寂しがり屋な人だから、できるだけ長く傍にいて支えたい。佐緒里さんには内緒だよ、と、楽しげにそう言ったところに好感を持ったのも確かだ。

「……そう」

ぱらりと、壮志の指が写真から外れ、下へ落ちていく。それを拾おうと視線を向けるが、壮志の手に肩を摑まれ阻まれた。直後、身体が温かなものに包まれ、壮志に抱きしめられているのだと気づく。

「そ、うし……さん？」

「……好きだよ、悠」

からかう色のない、低く――そして、ひどく真剣な声。その声にびくりと大きく身体が震える。限界まで目を見開き、一瞬、頭の中が真っ白になってしまう。

「え……」

「……兄代わりなんかじゃない。一人の男として、悠のことが好きだよ」

「……――っ」

その言葉を聞いた瞬間、自分でもどうしてかわからないほど心臓が高鳴った。かあああっと全身が熱くなるのがわかり、頭の中が混乱する。そして同時に、身体を包む体温が恥ずかしくて仕方がなく、考える前に壮志の身体に手をついていた。

「……っ！」

どん、と。気がつけば突き放すように壮志の身体を押しのけてしまい、次の瞬間、はっと目を見開く。見れば、壮志も驚愕《きょうがく》したようにこちらを見ており、あ、と茫然とした声が悠の口から零れ落ちた。

(ど、どうしよう……っ！)

自分でもよくわからない。けれど、頭の中は完全にパニックに陥っていた。このままではまずいということだけははっきりしているが、思考は完全に止まり、身体も動かない。

逃げなければ。ぱっと思いついた言葉に縋《すが》るように、身体が動く。だが、咄嗟に踵を返そうとした身体は、壮志に腕を掴まれ引き戻されてしまう。直後、頭上に影が差した。

「んっ！」

いつになく乱暴に唇が重ねられる。どこか張り詰めた、これまでになかった雰囲気での口づけに、心地よさより怯えが先に立ってしまう。だが、唇を辿る舌の動きはいつもの通り優しく、混乱がさらにひどくなった。

「待って、壮志さ……んんっ」

どうにか顔を離し制止しようとするが、すぐに唇を塞がれる。そして喋ったことで開いた歯列から舌が差し込まれ、貪るように口腔《こうこう》を舐《ねぶ》られた。

「んく、ふ……っ」

いつもよりも激しい舌の動きに、息苦しさが増していく。喉の奥を舐められそうなほど深く舌で口腔をまさぐられ、眦《まなじり》に涙が滲む。腰を持ち上げるように抱く手に力が込められ、互いの下半身が強く重ねられる。洋服越しに自分と壮志の熱が擦り合わされ、ぞくりと全身に快感が走った。

「待っ……、んん……っ」

待って欲しいのに、止まってくれない。そのことが快感と同時に恐怖を呼び、壮志のジャケットを縋るように掴む。恐怖を与えているのは壮志なのに、助けを求めるように縋るのもまた壮志なのだという事実に、悠自身は気づいていない。

舌を絡ませ合う度に、ぴちゃぴちゃという水音が耳に届く。飲み込みきれない唾液《だえき》が喉元を伝い、そのことに羞恥を覚えながらも、徐々に恐怖が和らいでいく。パニックに陥っていた思考が次第にぼんやりとし始め、身体から力が抜けていった。

「んん……っ」

深く重ねていた口づけが一度解かれ、濡れた唇を舌で拭われる。そうして下唇を軽く噛まれ、軽い音をたてながら、優しいキスが繰り返された。

「悠……」

いつもとは違う呼び方に、ぞくりと身体に震えが走る。重ねた熱を擦り合わせるように動かされ、同時に胸元の粒を服の上から弄《いじ》られた直後、わずかに離れた唇が熱を持った声で再び悠へと囁いた。

「……好きだよ、悠」

その瞬間、先ほどの混乱が蘇ってしまい、ぎくりと身体が強張り再び身体が逃げようとする。すると、その反応に、今度はぴたりと壮志が動きを止めた。はっとして顔を上げると、そこには痛みを覚えたかのような壮志の顔があった。

「ち、違……、ごめん、そうじゃなくて……っ」

嫌だったわけではない。そう言おうとするが、舌がもつれて上手く喋れない。どこか辛そ

うに眉間に皺を刻み悠を見ていた壮志が、ぐっと肩を摑んでいた手に力を込める。だが、深い溜息とともにゆるゆると悠の肩から手を離して、一歩下がった。

「……ごめん。焦りすぎた」

ゆっくりと離れた壮志の身体に、思わず手を伸ばそうとする。だが、それよりも早く壮志が踵を返し、その手は空を切った。

「ちょっと、頭を冷やしてくる。少し遅くなるかもしれないから、寝ていていいよ」

「壮志さん……？　あ、あの、ごめんなさい、待っ……」

「大丈夫。悠君に怒ってるわけじゃなくて、反省してるだけだから。……怖がらせてごめん」

靴を履き振り返った壮志は、すでにいつもの笑みを浮かべており、悠は言い知れない寂しさを覚える。

行ってきます。そう優しく笑った壮志を、それ以上引き留めることができないまま、悠は玄関の扉が閉まると同時に、その場に頽《くずお》れた。

◇◇◇

「はあ……」

やってしまった。自己嫌悪に頭を抱え、壮志は重苦しい溜息をついた。

家を出て向かったのは、水原の事務所だった。その執務室でソファに座り沈み込みそうなほど落ち込んでいる壮志に、部屋の主である水原は呆れたような視線を向けていた。

「お前なあ、一体なにやらかしたんだよ。つうか、邪魔だ。帰れ」

「……今日、泊めてくれ」

何度目かもわからない溜息とともに吐き出された言葉に、水原が軽く目を見開く。

「なんだよ。本当になにがあった」

「いや、ちょっと……。今、家に帰ると自制心がやばい」

「は？」

「逃げられたら、本気で閉じ込めそうになる……」

ぼそりと呟かれたそれに、水原が一瞬で嫌そうな表情になる。そんな水原の様子に注意を払うこともできず、壮志は自分の中の衝動を必死に抑えていた。

悠に、あれほど顕著に抵抗されたのは初めてだった。

あの、見知らぬ男に笑いかけていた写真。あれを恥ずかしそうに奪い取ろうとしていた時点で、自分の中の苛立ちが増していた。それほど自分に見られてはまずいのか。そう思いながら、思わず悠を抱きしめていたのだ。

恐らく、佐緒里に対する苛立ちもあったのだろう。自分が、どれほど悠を怖がらせないように——逃げられないように、細心の注意を払ってきたと思っているのか。それもこれも、原因は全て貴女だろうに。そう言いそうになったのを堪えたのは、佐緒里自身の気持ちもわかるからだった。

とはいえ、そろそろ決着をつけようと思っていたのも事実だ。悠の体調も戻り、仕事の懸案もなくなった。ここ一年、じっくりと様子を見て、悠が自分のことを好きでいてくれているのはほぼ確信している。後は、たとえ『家族』のような関係に『恋人』という関係が加わっても、今までとなんら変わりはないのだと悠自身に納得させるだけだった。

壮志自身は、今までも悠を恋人として接していた。後は、悠の気持ち次第だ。

そしてそんな中であの写真を見せられ、勢いとはいえ好きだと告げ——その反応が、今までと全く違っていた。条件反射のように触れることを拒絶され、その瞬間、壮志の中のなにかがぷつんと切れたのだ。

気がつけば、悠の唇を貪っていた。あのままいけば、押し倒して無理矢理にでも身体を奪っていただろう。再び無意識のうちに好きだと告げた時、悠が怖がるように身体を強張らせたことで、我に返った。

「あのさあ。一応、悠は俺にとっても可愛《かわい》い弟みたいなもんなんだ。あんまり無体なことはするなよ。殴るぞ」

「わかってる。だから泊めてくれ。ちょっと頭を冷やさないと、どんな手を使ってでも家の中から出したくなくなる」

「……お前、前からやばいとは思ってたが、本気でやばいな」

「自分でもここまでとは思わなかったよ。まあ、悠君限定だし、傷つけたくないからしないけど。しないために協力してくれ」

「はいよ。……まあ、そこは信じてるさ。酒でも買って帰るか」

軽く肩を竦めた水原に、ああ、と再び溜息とともに答える。

我ながら、制御できないほどの執着心に驚いてしまう。あのまま悠の傍にいたら、悠を抱き潰してでも閉じ込めてしまいそうなのがわかった。だから、咄嗟に距離をとろうと家を出たのだ。

たとえどんなことがあっても、悠を傷つけてしまうのだけは許せない。自分がその原因になりかねないのなら、物理的に離れるしかない。

「ああ。そういや、記事の件、オッケー出していいのか？」

落ち込んでいる壮志に、容赦なく仕事の話を振ってくる水原に、顔を上げないままどうでもいいと手を振る。

「構わない。借りも作れるし、まあ、適度な宣伝にはなるだろ」

「悠には、自分で話せよ」

「……あー。今は、ちょっとタイミングが悪い。載るなら、来月の発売分だっけ？」

「そうなるだろうな」

「じゃあ、それまでには。あっちにも念のため、話すことは伝えといて」

「了解」

じゃあ、返事しとくか。そう言いながら、水原が電話をかけるのをぼんやりと聞き流す。

そうして、先ほどの悠の様子を改めて思い返した。

恐らく、悠は本気で壮志を拒絶したわけではないのだろう。どちらかと言えば、突き飛ばした後、自分でも驚いたような顔をしていた。それに、あの真っ赤な顔は、どう見ても羞恥に染まったようにしか見えなかった。

（なら、どうして……）

今までも、どこか恥ずかしそうにはしていたが、あれほど顕著な反応はなかった。もしかしたら、あのまま押していれば悠から望む答えが得られたのかもしれない。だが、初めて受けた拒絶に箍《たが》が外れかけていた自分では、逆に取り返しのつかないことになっていたかもしれなかった。

「とにかく、少し冷静になろう……」

脳裏に悠の姿を思い浮かべれば、この腕の中に閉じ込めてしまいたいという欲求が強く湧き上がり、壮志は自身の欲望に深く溜息をつくほかないのだった。

◇◇◇

買い物袋を片手に、悠は重くなる足をゆっくりと進めた。

数歩行くごとに溜息が漏れるのは、あの家の主である壮志が、今日は帰ってくるのだろうかという不安からだった。

あの日、頭を冷やすといって出ていった壮志は、結局戻ってこなかった。すでに返してもらっていたスマートフォンには、壮志から水原のところに泊まるから心配しないようにというメールが入っており、どこに行ったかわかっただけでもほっとしたのだ。

とはいえ、あれから一週間ほどが経ったが、壮志とは距離ができていた。

翌日、壮志とちゃんと話そうとしたものの、壮志と目を合わせるだけで挙動不審になってしまい、つい自分の部屋に逃げ込んでしまう――のを繰り返していた。

今までは平気だったのに、なぜか話すだけで恥ずかしさが込み上げてしまい、どうしていいかわからなくなるのだ。

何度か、仕事の合間に壮志がなにか言いたげに声をかけてきたこともあった。だが、タイミングを逃したり、悠が持ち堪《こた》えられず逃げたりであまりきちんと話ができないまま、今度は壮志が忙しくなったのか、朝から夜中まで出かけることが多くなり、話す時間がとれなくなってしまったのだ。

このままでは駄目だと、自分から声を掛けようとしたこともあったが、壮志が忙しそうにしているのを見るとそれも躊躇われ——また、あの時の話をする状態ではない気がして中途半端に宙に浮いたままとなっている。

もう少しだけ落ち着いたら。そう思いながら日々が過ぎ、逆に、蒸し返しにくくなってしまっている、というのもあるのだが。

「映画のこともあるから、その辺かなあ」

公式に発表されたため、原作者の稼働もあるのだろう。もしかしたら、他の仕事も重なっているのかもしれない。以前、祖母がまだ存命だった頃も一時期、壮志が同じように忙しそうにしていたことがあったなと思い出した。

「……とりあえず、ご飯は作っておこう」

今日はまだ連絡が入っていないため、帰ってくる可能性が高い。夕飯は、置いておけば温め直して食べてくれるはずだ。

なによりも、壮志が身体を壊さないかが心配で、自然に溜息が増えているのだ。

「あ、牛乳忘れてた」

通りすがりにコンビニを見かけた瞬間、買い忘れを思い出す。来た道を戻るか少し迷い、まあいいかとコンビニに足を踏み入れた。

何気なく、雑誌棚を眺めながら前を通り、だがその瞬間視界に入ったものにぴたりと足を止めた。

「え？」

目を引かれたのは、今度映画化する壮志の作品のタイトル。そして、原作者という言葉と悠も知っている女優の名前だった。

「……――」

かすかに震える手で雑誌を取り、ぱらぱらと捲《めく》る。そして見つけた写真に瞠目した。

「……――なに、これ」

そこにあったのは、壮志とその女優が並んで歩く写真。ぱっと記事を流し読むと、今度その女優が映画の主演となるらしく、映画の内容になぞらえるような原作者との熱愛が発覚したと書かれたものだった。

「……――そっか」

ぽつりと、空虚な声が落ちる。この記事の写真がいつのものかはわからないが、ここのところ壮志が留守がちだったのは、彼女に会いにいっていたからかもしれない。

ふと、伊上が壮志と主演女優との話を持ち出したことを思い出す。あれは、知り合いの記者からの情報だったらしいから、以前から噂は出回っていたのかもしれない。

相手が、その女優でなければなにかの間違いだと言えただろう。だが、悠はその相手を知っているのだ。そして、熱愛報道の信憑性《しんぴょうせい》が高い理由も。

今は名の知れた女優になっているその女性は――高校時代、壮志の彼女だった人だ。

まだ小学生だった悠に、面と向かって文句を言ってきた、あの女性だった。昔から付き合いが続いており、今回よりが戻ったのだとすれば、話はわかる。

（いつからなんだろう……）

ぼんやりと、考える。先日、壮志は悠に好きだと告げてくれた。あれが嘘でなかったことを祈るばかりだ。そうでなければ、ここしばらくどう返事しようかとやきもきしていた自分が惨めすぎる。

あの時、咄嗟に壮志を押し返してしまったから。拒絶したと思われて、あの人のところに行くようになったのだろうか。なにか言いたげにしていたのは、あの告白を、なかったことにしたかったのかもしれない。そんなことを考えていると、ぱたり、と床に水滴が落ちそちらに視線を向ける。ふと、自分の頬に手をやれば、涙が零れ落ちており、慌てて袖《そで》で拭った。

こんな場所で泣きたくはない。そう思いながら雑誌を棚に戻すと、結局なにも買わずにコンビニを出て足早に家へと戻っていった。

帰り着き、祖父母の位牌《いはい》を置いた仏壇の前でしばらく放心したようにぼんやりした後、悠は心の中であることを決めて立ち上がった。

「引っ越そう」

持っていくものは、自分の荷物と祖父母の位牌だけでいい。後は、壮志と母親で話してもらえばいいことだ。

壮志に恋人ができたのなら、自分がここにいるわけにはいかない。なにより、そんな壮志の姿をもう黙って見ていることはできなかった。

（好き、だったんだなあ……）

終わることがわかっていても、ちゃんと伝えればよかった。初めて、そう思った。それが、一番大切なものを失った後だというのが、間抜けすぎるが。

悲しむのは後にしようと立ち上がり、なにからやるのかを頭の中で並べていく。

「荷物をまとめて。引っ越し先は……どうしようかな」

どちらにせよ母親に保証人になってもらわなければならないが、探す段階から迷惑をかけるのは躊躇われた。そうなると、相談できるのは後一人しかいない。

「紀兄に、メールしとこう」

壮志には黙っていて欲しいと頼めば、聞いてくれるだろう。そう思いながら、スマートフォンでメールを送る。

そういえば、退職した後、会社と伊上から何度かこの電話に連絡が入っていたらしい。今は履歴も全て消されているが、内容と頻度は、全部壮志が万一の時のために保存しておいてくれているらしい。伊上は、これ以上つきまとうようなら法的な手段に出ると壮志が脅したら、接触してこなくなったそうだ。

（会社には、結局そのままいるらしいけど……）

一つだけ、他の社員の悠に対する認識は改まったのだと教えてもらった。

悠がやった作業のほとんどを自分がやったと吹聴していた伊上は、悠がいなくなったことで、他に振ることができなくなった。元々、資料作成が得意ではなくミスも多かったらしい。だがここ最近は綺麗に作れるようになったと、他の社員も安心して任せていたそうだ。そこで疑問を持たない方も、問題だとは思うが。

だが、再び伊上の資料にミスが頻出するようになり、そんな時、唯一悠の味方でいてくれた中野が伊上名義の資料のほとんどを悠が作っていたことを告げたのだ。

実のところ、同じグループ内でおかしいと思っていた社員はいたらしい。だがそれでも、面倒に巻き込まれたくなくて黙っていたというのだから、悠にとっては他グループの人達と変わらない。少なくとも、その話を聞いて入社してからずっと否定され続けていた悠の自己肯定感も少しだけ救われた気がした。

とはいえ、本当に地の底にいた悠を救い出してくれたのは、壮志の優しさだった。悠の話を否定することなく聞いてくれ、頑張ったねと労ってもらったことで、半年近く我慢したことが全て報われた気がしたのだ。

「……――未練たらしいな」

そう呟きながら、自室に戻りざっと部屋の荷物を検分する。元々、あまり荷物は多くない。子供の頃からいる家とはいえ、祖母が亡くなった時点で出ていくつもりだったため、遺品整理の際に自分の荷物もだいぶ処分したのだ。残っているのは、普段着とスーツ、そしてほんの少しの外出着、後は、捨てられない思い出の品がほとんどだ。

（その思い出のものも、壮志さんからもらったものだからなあ。でも、捨てるのは嫌だし、持っていくか）

これくらいの思い出を抱えて行くことは許して欲しい。そう思いながら、処分するものを抜き出していった。

「あれ？　……と」

気がつくと、スマートフォンの着信ランプが点滅している。手に取りロックを解除してみると、早速水原から返信が来ていた。電話する、とだけ書かれたそれに首を傾げる。

「仕事中なら、暇な時で良いよ、と」

返信を打ち込み返そうとしたところで、不意に着信音が鳴り始める。みれば、水原からで早いなと思いながら電話に出た。

「悠？　お前、一体どうしたよ」

「紀兄、仕事中だろ？　話ならまた今度でいいのに」

「今、事務所に戻ったところだからいい。それより、引っ越すってどういうことだ？」

「どういうこともそのままの意味だけど」

不審そうな水原の声に、少しだけ違和感を覚える。あんな報道が出たのに、壮志のマネジメントをしている水原が知らないはずがない。そして、それを見た悠がどういう行動を起こすのかも、水原なら手に取るようにわかるはずなのだが。

「……お前、まさか雑誌見たか？」

窺うような声に、動揺を押し隠したまま端的に答える。

「見たよ」

「……なんとなくわかった。それについて、壮志からなにか説明は？」

「別に、なにも」

そう答えた途端、電話の向こうで「あの馬鹿がぁぁぁぁ」という呻き混じりの声が聞こえてきた。え、なに、と眉を顰めると、水原が気を取り直したように告げた。

「誤解だ」

「なにが？」

「あの記事だ」

「……でも、相手って壮志さんの元カノだよね」

お前、それも知ってるのかよ。呻き声とともに頭を抱えていそうな気配の後、水原が「いいか」と早口で告げた。

「っと、そろそろ電話がかかってくる。時間がないから、もう少しして壮志が戻ったら説明させる。言っておくが、あれは話題作りのためのフェイク記事だ。先方の都合で頼まれたのと、うちの都合もあって協力体制をとった。だから、内容自体はガセだ。いいな」

「……──」

答えない悠に、とにかくきちんと話をしろ、と言いながら水原は電話を切った。一方的に切られたスマートフォンを眺めながら、台風のような慌ただしさに溜息をついた。

「ガセ、かあ……」

そうだったら嬉しいという気持ちと、信じられないという不信感がない交ぜになる。昔の、楽しそうに寄り添って歩いていた姿を知っているから、なおさら素直に受け止められないのだ。

「記事自体はガセでも、それがきっかけでよりが戻ることだって、あるよなあ」

相手は女優となりさらに綺麗になっているのだ。悠の拒絶により、壮志が「好きだ」という告白を断られたと思っていれば、よりを戻していたとしても悠が責められることではない。

「結局は、自業自得だよな……」

壮志のことを信じ切れなかった自分が悪いのだ。そう思いながら、不要なものを一つずつ片付けていくため、部屋の中を見渡した。

「ただいま！」

慌てたように玄関から入ってきた壮志の声に、自分の部屋にいた悠は顔を上げた。ばたばたという足音がしたかと思うと、悠の部屋の襖《ふすま》が勢いよく開けられる。

「お、かえり……？」

着ているスーツを乱し息を切らしている壮志は、じっと悠の顔を見つめた後、荷物の整理をしていた悠の手元に視線を落とした。

「悠君。これは、なに？」

ぱたり、と後ろ手に襖を閉めた壮志が、悠の前まで来て片膝をつく。そんな壮志の声と表情に、言い知れぬ威圧感を覚え、「ええと……」と視線を泳がせた。

「荷物の、整理を……」

「なんのために？」

なぜ、自分が責められるような状態になっているのだろうか。そう混乱しながらも、壮志相手に上手く言い逃れることなどできずそのまま言葉にした。

「引っ越し、しようと思って」

「必要ない」

問うどころかばっさりと切り捨てられ、でも、と顔を上げる。そこにあった、思いがけないほど真剣な瞳に言葉が喉の奥で詰まった。けれど、ここで黙ってしまったら今までとなにも変わらないと、こくりと唾を飲み込んだ。

「……嫌だよ。俺が、嫌なんだ」

かぶりを振って俯き、唇を噛む。すると、頬に手が当てられ、ぐいと上向かされた。逃げるなというように正面から覗き込まれ、壮志が目を細める。

「なにが、嫌？」

追い詰めるような声と気配に、無意識に後退《あとずさ》りそうになる。だがそれも許されず、悠は喘《あえ》ぐように震える唇を開いた。

「……好き、なんだ」

ぽつりと呟いたそれに、壮志がゆるゆると目を見張る。

「壮志さんが、好きだから。だから……、だから傍にはいたくない」

じわりと涙が滲み、視界が歪む。けれど涙を零したくはなくて、壮志から視線を外しながら瞬きする。だが直後、悠の身体は壮志の腕の中にいた。

「は、離して！」

慌てて壮志の身体を押しやろうとするが、嫌だ、と肩口からくぐもった声がする。悠を抱きしめながら肩口に顔を埋めてきた壮志に、戸惑いながら動きを止めた。

「……好きだよ。ずっと、好きだった」

「嘘だ……」

言い聞かせるような言葉に、どこか喘ぐように呟く。

「嘘じゃない。佐緒里さんの影響で恋人になるのが怖いのは知っていたから、これでもずっと待っていたんだ。悠君が、大丈夫だって思ってくれるのを」

「そうし、さん……？」

気づかれて、いたのか。そう思うと、身体から力が抜けていく。けれどやはり、過去の光景が頭の隅を過《よぎ》り、離れようと身動《みじろ》いだ。

「でも、あの人と……」

「それは水原に聞いた。あの雑誌の記事は、相手側の事務所が流したフェイクだ。本当は来月の発売分に出るはずだったんだけど、急な記事の差し替えで今月号に載ったんだ。記事自体は準備できてて、差し替えにちょうどよかったらしくてね。ただ、掲載号変更の連絡が来たのが、向こうのトラブルで色々行き違って今日になった」

記事が出る前には悠に説明するつもりだったが、話すタイミングが摑めないまま、前倒しで記事が出てしまったらしい。

「あ……」

ならば、何度か話そうとしていたのはこのことだったのだろうか。それも、話せなかった原因は悠が逃げたからだ。

「ごめん……？」

そう言えば、壮志がほんの少し気配を和らげ苦笑したのがわかった。

「一応、相手からも承諾はとってるから、事情はちゃんと説明するつもりだった」

「また、付き合うとかじゃなく？」

「それは絶対ない」

きっぱりと否定されたそれに、身体の力が抜けていく。壮志の腕に身体を預けると、背中に回された腕が強く引き寄せてくれた。そして悠の肩口から顔を上げた壮志が、続けた。

「向こうは極秘で結婚してるんだ」

「……え？」

ぽかんと口を開くと、ふふ、と楽しそうに壮志が微笑む。

「その相手のことがバレそうになって、うちに協力してくれないかって頼んできたんだ。まあ、それでこっちも利用できる話だったから了承した。適度な距離感は保ってるし、いざとなれば昔の同級生だってことをバラせば、友人で通るしね」

元々、これ以上個人的に関わる気はないから、スクープを狙おうとしても無理だけど。

「こっちで利用できる話って、映画の件？」

話題作りだろうか。そう思い問えば、それもある、と頷かれた。

「後は、面倒なことにならないよう先手を打った」

「面倒……、って、まさか！」

ふと、先ほど思い出した伊上の件が脳裏に浮かぶ。慌てて身体を離して壮志を見ると、困ったような笑みを浮かべて「本当なら、これは話す気がなかったんだけど」と告げた。

「どうも、記者が一人こっちを探ってる感じがあったからね。あの男の話しぶりから、そうだろうなと。だからあえて、別の出版社に情報が流れるように仕向けたんだ」

「あ、あの。伊上さんが持ってた、俺達が写った写真は？　前に、買い物行った時の……」

「あれなら、隠し撮りだから弁護士通じてちゃんと取り返してるよ。まあ、それに元々、あの程度の写真が出ても問題にはならなかっただろうけどね」

「そうかな……」

「そもそも、俺は悠君が子供の頃からここに下宿してるだろう？　過去を含めて調べたら、なおさら『仲の良い家族』っていう言葉の信憑性が高まるだけだと思うよ。近所の人に聞いたって、そうとしか言わないだろうし」

「……そうかな」

普通に見れば、そうなのかもしれない。気にしすぎていた自分が馬鹿みたいで、深く溜息をついてしまう。けれど、そんな悠の身体を優しく抱きしめ直すと、壮志が悠の頭に頰ずりした。

「まあ、もしも恋人だって記事が出ても、その通りだって言うけどね」

「え、ちょっと待って駄目だよそれ！」

「別によくない？　佐緒里さん達みたいに顔で仕事してるわけじゃないし。俺は別に、隠す気はないよ？」

あっさりと言われたそれに、絶句してしまう。そこは隠そうよ。そう心の中で呟くと、まあもちろん、と壮志が続けた。

「悠君が、働きにくくなるようなことをするつもりはないから、時と場合によるけど。ていうか、仕事探すなら俺のマネージャーやろうよ。マネジメントと事務、悠君がやってくれるのが一番いいし、ちゃんと給与も払うよ」

「……それは、なんかやだ」

「ええええ、両思いでもだめ？」

情けなく眉を下げた壮志に、つい笑いが込み上げてしまう。くすくすと笑いながら、だがじわりと涙が滲み、悠は勇気を出して自分から壮志へと抱きついた。

「……壮志さん、好き。ずっと、好きでした」

「うん。ねえ、悠」

耳元で呼び捨てられた名前に、ふるりと身体が震える。壮志の胸元から顔を上げると、こつんと額が合わせられた。

「俺は、君を愛してる。……好きじゃ、足りないんだ」

「……っ！」

その瞬間、堪えていた涙が一気に溢《あふ》れる。頬を濡らすそれをそのままに、悠は目を閉じて自分の臆病な心を明け渡した。

「……恋人、になるの、が……、怖くて」

「うん」

「でも、壮志さんを、他の人に渡したく……なくて。……ごめんなさい」

「大丈夫。俺は悠のものだし、悠を離す気もないよ」

それこそ、こうして捕まえておくためにこの家を譲ってもらったんだから。くすくすと笑いながら教えられたそれに、まさか、と目を見張る。

「この家を譲ってもらう時、お祖母さんと、佐緒里さんにはちゃんと話を通してる。悠が好きなことも、いつか本当の『家族』になりたいってことも」

「……っ！」

まさか、そんな。譫言のように呟くそれに、本当だよ、と嬉しそうに目を細めた壮志が顔を近づけてくる。

「ねえ、悠君。恋人、兼、家族じゃ駄目かな」

「……――」

驚いて壮志を見ると、細めた目の奥に獲物を狙う獣のような光を見つけ、こくりと喉を鳴らす。

「どんな関係でも、全部、俺が悠にあげる」

そう告げる声に、声を出すことすらできず。

「……だから、諦めて捕まって？」

ゆっくりと耳元で囁かれた追い詰めるようなその声に、悠は、身体中の骨が甘く溶けてしまったような気がしたのだった。


「や、待って。そこ……っ！」

四《よ》つん這《ば》いになり、尻《しり》だけを高く掲げた状態で、悠は手元のシーツを強く握りしめた。着ていた服は全て剝ぎ取られ、生まれたままの姿で、先ほどから全身を壮志の手によって撫でられている。

あれから、悠の部屋で気が遠くなるほどキスをされ、ぐったりとしているうちに気がつけば壮志の部屋に運ばれていた。抵抗する間もなく洋服を脱がされ、一糸まとわぬ悠の姿を見ながら、壮志もゆっくりと服を脱いでいったのだ。

それからずっと、悠は耐えることができないまま嬌声《きょうせい》を上げ続けている。

それこそ、頭の先から足の先までといっても過言ではないほど全身を舌で辿られ、舐められていないところはないのではないか、と思うほどだった。

特にしつこく時間をかけて弄られた胸元は、すでに赤く腫れ上がり、シーツに擦れる感覚すら鋭敏に拾ってしまうほどだった。

「んぅ、やあああ……っ！」

ぐちゅり、という音とともに、後ろに突き入れられた指が激しく動かされる。内壁を擦りながら、ばらばらの動きで抽挿される指の感覚に、先ほどから悠は翻弄され続けていた。

（なんで、今日、こんな……）

指でそこを弄られるのは初めてではないはずなのに、以前よりもさらに快感が深い。時間をかけて与えられている過ぎるほどのそれは苦しく、悠の前からは、たらたらと先走りが零れ続けていた。

延々と感じる場所を擦られているのに、一番欲しい刺激が与えられない。そんなもどかしさから、悠は自然と腰を振って自分の中にある指を締め付けていた。

「……気持ちいい？」

後ろから覆い被さるように身体を倒した壮志が、耳元で囁いてくる。指の動きが止まったもどかしさと、耳に吹き込まれる声に、噛み殺せなかった声が小さく零れた。

「ねえ、教えて。悠」

欲情に滲んだ声に、悠は、震える唇を開く。

「気持ち、いい……、から。も、っと……」

もっと、欲しい。そう呟くと、満足げな吐息とともに、耳朶《じだ》をかりと甘噛みされた。

「んん……っ！」

その刺激に、ぎゅっと後ろを締め付けると、それに反発するように指が引き抜かれた。

「あ……」

思わず零してしまった不満そうな声に、壮志が笑いながら背中を撫でてくれる。

「大丈夫。すぐあげるから」

ちゅ、と軽く背中に口づけられる感触がして、ちくりとした痛みが走る。そうして、背後から首筋に唇が触れた途端、先ほどまで指で散々弄られていた場所に濡れた熱が触れた。

「あ、ああああ……っ！」

ずるり、と。内臓が押し出されてしまいそうな感覚とともに、堪えきれなかった声が漏れる。ぎゅうっと全身に力が入り、頭上から、堪えるような壮志の声が聞こえてきた。

「……悠、少し力を抜いて」

言いながら、温かな掌が優しく肌《はだ》を撫でてくる。首筋から胸元、脇腹、そして悠の中心に辿り着くと、震えるそれをそっと握りしめた。ゆるゆると扱《しご》かれると、後ろに向かっていた意識が徐々に前へと戻されていく。

「そう、上手《じょうず》だ……」

褒めるように囁かれ、ふわりと身体から力が抜けていく。すると、身体の中にあった熱がずるりとさらに奥まで一気に突き入れられた。

「ふ、は……っ」

一瞬息が止まり、だがすぐに息を吐くと同時に脱力する。後ろに、壮志の下生えが当たっている感覚がして、全て入ったのだと実感した。

「痛い……？」

どこか心配そうな声に、シーツに顔を埋めたまま、ふるふるとかぶりを振る。痛くはない。ただ違和感と圧迫感がすごいだけで、どちらかと言えば、身体の中に埋め込まれた自分以外の確かな熱に安堵と満足感すら覚えていた。

（これが、壮志さんの……）

初めて、きちんと身体を繋げることができた。そのことが、無性に嬉しかった。今までも壮志に触れられてはいたが、あれは、壮志が悠を気持ち良くしてくれていただけのことだった。

壮志にも、気持ち良くなってもらいたい。そう思っていたからか、自分でも意識しないまま内壁が壮志の熱を包み込むようにうねり始める。

「……っ！　悠、それはちょっと、反則……」

なにかを堪えるような壮志の声に、悠はうずうずと腰を揺らしながら、少しだけ顔を後ろに向けた。

「壮志さん、も気持ちよく……な、……ああっ！」

掠れた声で呟いたそれは、だが、最後まで言い切ることができないまま嬌声へと変わった。

突如、ぎりぎりまで抜かれた壮志の熱が、再び一気に押し入ってきたのだ。ずん、と身体の奥から感じる刺激に、悠は限界まで背筋を反らした。

「ああ、達《い》ったかな」

前に回された壮志の手が、悠のものを握る。ふるふると震えたそれは、奥を突かれた衝撃で放埒《ほうらつ》を迎えており、悠の腹を汚していた。

「ふふ。可愛いね、悠」

悠の放ったものを掌ですくい取った壮志が、その指で繋がった部分を撫でてくる。

「ひぁ……っ！」

限界まで広がった後ろを濡れた指でなぞられた瞬間、ぞくりとした快感が背筋を這い上ってきた。同時に、壮志を咥《くわ》え込んだそこが、ぎゅっと引き絞られる。

「……っ！　やばいな。悠の中、気持ち良すぎて、あんまりもたない」

「うあ……、あ……」

ふるふると震える身体を持て余していると、壮志が奥まで突き入れたまま腰を揺さぶってくる。一番感じる場所を先端で何度も擦られると、達したばかりなのにすぐに限界が近づいてきてしまう。

「や、待って、今はやだ……っ！」

「く……っ、ごめん、待ては、なしかな……っ」

十分、待ったからね。そんな声を聞きながら、悠の腰を両手で摑んだ壮志が、激しく腰を動かし始めた。

「悠の中、すっごい熱くて、柔らかい。ふわふわしてるのに、きつくて、最高……」

どこか譫言のように呟かれるそれに、悠はますます快感を堪えることができなくなっていく。自分の中が全て快感に埋め尽くされてしまいそうで、悠は必死にかぶりを振った。

「や、だ。身体、へん……熱く、て、おかしく、な……、ああああっ！」

助けを求めるように訴えるが、壮志の動きは止まるどころか激しくなるばかりで。熱塊を奥に突き入れたまま背中に覆い被さり身体を抱きしめられると、今まで以上に奥へ入ってきた気がして声を上げた。

「おかしく、なればいい……っ」

そのまま、奥まで先端を届かせた壮志が、激しく腰を振る。そうして、一際強く奥へ突き入れてきた直後、目の前が真っ白になった気がした。

「……――っ！　あああああっ！」

「くっ！」

堪えていたものが溢れ出るような感覚とともに、全身を震わせながら吐精する。同時に、身体の最奥で壮志のものがびくびくと震えた。勢いよく内壁を濡らす熱の感触に、身体の奥の刺激で上り詰めた先から下りてくることができない。

「あ、熱……、やだ……っ」

一度で吐き出しきれなかったらしい壮志のものが、二度、三度と短く動き、再び中で吐精する。長く続くそれに、後ろを引き絞りながら身体を震わせていると、壮志が、ふっと背後で心地よさそうに息を吐いたのがわかった。

「は、ふ……。気持ち、いい……？」

荒い息を吐きながら、どうにかそう問えば、背中から首筋にキスが落とされる。

「気持ち良かったよ。ごめん、気持ち良すぎて……」

「え？」

いつもよりも若干ぼんやりした声とともに、壮志の手が再び悠の肌の上を這い始める。悠が零した白濁を掌に塗りつけ、それを、悠の肌へと広げていく。その感触に、上擦った声を上げると、悠の中に抜かないまま存在していた壮志が、再び熱と硬さを取り戻していくのがわかった。

「……待って、ちょっと、一回休み……」

「ごめん、無理」

即答で却下され、再び先ほどまでと同じ硬さを取り戻した熱塊が、悠の内壁を擦り始める。達したばかりで、全身が鋭敏になってしまった悠は、それから逃れることもできないまま再び身悶《みもだ》え始めた。

「ん、あ、あああっ！」

脚から力が抜けてしまった悠の腰を抱えていた壮志は、抜かないままくるりと悠の身体をひっくり返す。仰向《あおむ》けにされた悠は、胸につくほど脚を折り曲げられると、再び熱を奥まで突き入れながら上から覆い被さってきた壮志に腕を伸ばした。

「壮志、さん。キス、して……、ん……っ」

強請《ねだ》るように告げたそれに返されたのは、貪るような口づけで。身体を繋げたまま、壮志は噛みつくように唇を重ねてきた。互いの舌を絡め合い、激しい水音をさせながら、壮志は喉奥まで舐める勢いで悠の口腔を犯していく。

飲み込み切れなかった唾液が口端から零れ、首筋を濡らしていく。その感触にまた肌を震わせながら、悠は、徐々に動き始めた下肢からの刺激に甘い声を上げた。

「んん……っ」

だが声は全て壮志の口の中へと飲み込まれていく。やがて口づけを解くと、糸を引いた唾液を壮志がぺろりと舌で舐めとった。

その瞳には、悠を食いつくしてしまいそうなほどの欲情が滲んでおり、そこから目が離せ

なくなってしまう。互いに見つめ合いながら、壮志が悠の身体を味わうかのようにゆっくりと腰を動かす。肉食獣に狙われた獲物のように身動き一つできない悠は、与えられる快感に溺れていく。

やがて抽挿が速くなっていく頃には、悠の頭の中は全て、壮志に与えられる刺激で占められていた。他には、なにも見えない。感じない。そんな中で、壮志に与えられる熱だけが、確かなものだった。

「もう、駄目、だめ……っ！」

「悠、悠……っ」

壊れる、という悠の喘ぎ声に、壮志が呻くように声を嚙みしめ、さらに強く腰を押しつける。腰が浮き、叩きつけるように激しく奥を突かれながら、悠はただひたすら声を上げ続けた。

「や、あ、あああああ――……っ！」

「悠！」

ぐっと再び最奥まで突き入れられた壮志のものが熱を放つ。身体の奥を濡らす熱を感じながら、悠は自分でも抑えられないままびくびくと身体を震わせた。

そうして、幾度貪られたかわからなくなった頃、悠の意識はぷつりと途切れたのだった。

◇◇◇

「で、どうして水原のところ？」

「……壮志さん、重い」

台所の調理台の前に立った悠は、おんぶおばけのように背中から覆い被さってきている壮志に、ぼそりと返す。だが、決して無理矢理に剝がそうとはしないため、結果、悠を抱きしめる壮志の腕の力がさらに強くなるだけで終わった。

ちなみに、悠の足下では、文句を言うように正太郎がうろうろとしつつ鳴いている。

互いに気持ちを伝え合った日から数日が経ち、おおよそ普段通りの生活に戻ったものの、これまで以上に壮志が悠を手放そうとしなくなってしまった。

仕事中以外は、大体こうしてべったりくっついているのだが、邪険にしつつも悠自身一緒にいられる時間は嬉しいため、窘《たしな》めることができないでいる。

『甘やかすなよ。あれは、最初が肝心だ。厳しくいっとかないと調子に乗るぞ』

心配して翌日連絡をくれた水原には、壮志が事の経緯を全て話したらしい。やっとか、という溜息交じりの声とともに、おめでとうと言ってもらった。

ちなみにその時、悠は起き上がることすらできず壮志のベッドの上で一日沈没していた。上げすぎて完全に掠れてしまった声に、再び通話を替わった壮志に水原が文句を言っているのだけは、壮志の表情でわかったのだが。

「紀兄のところの方が、ここでやるよりプライベートとの切り替えがつけやすいし。どっちにしろ、壮志さんの仕事するようなものだろ？」

悠は水原の提案を受け、しばらくの間、水原の事務所で働くことにしたのだ。主な仕事は、壮志の事務関係と、水原が請け負っているマネジメントの補助。同時に、水原の事務所の事務スタッフとしても働く予定だ。興味のある仕事が見つかれば、そっちへの転職も考えて良い。だが、特にやりたいことがないのなら、とりあえずうちに来い。そう言ってくれた水原の提案を、ありがたく受けたのだ。

だが壮志は、自分の仕事をするのにわざわざ水原のところに行くのが気に入らないらしい。

「……それなら、うちだって」

「それに、ついでに紀兄のところに登録して、少しだけモデルもやってみようかなって。まあ、そっちはモノになるかわかんないけど」

「……――は？」

だが、さりげなく告げたそれに返ってきたのは、腹の底から出したような低い声だった。どうにも予想と違う声に、あれ、と思いながら悠は首だけで振り返る。

「壮志さん？」

「悠、モデルって、なんの話？」

にっこりと笑みを浮かべた壮志の顔を見た瞬間、あ、やばい、と思ったのはこれまでの経験で培われた直感だろう。これは、確実に怒っている。だが、どうしてかわからず、とりあえず身の安全を図ろうと壮志の腕の中から出るべく横にずれようとした。

「悠？」

だが、それよりも早く、調理台と壮志の身体に挟まれるようにして身動きを封じられ、悠は壮志の腕の中で慌てて身体を反転させた。向かい合うように立ち、壮志の身体を押し返そうとする。

「いや、だって稼ぎは多い方がいいだろ。壮志さんだけに頼るのも、なんか違うし！　好き嫌いせず、色々やってみようかなって思ったんだよ」

それに、上手くいくかはやってみないとわからないし。そう言った悠に覆い被さるように、壮志が身体を預けてくる。

「……上手くいくかいかないかなら、悠のやる気次第でどうにでもなるよ。佐緒里さん譲りの顔と度胸の良さは、伊達《だて》じゃないからね。俺達全員が保証する」

悠の頭に頬ずりしながら溜息をついた壮志に驚き、目を見張る。

「え？　そうなんだ」

「恋愛ごと以外は、わりと佐緒里さん譲りだよ。悠は。子供の頃からあの人達が連れ回してたせいもあるだろうけど、人見知りはしても、一旦慣れれば人懐こいし」

昔は、大きな男の人を怖がっていたらしいが、顔を合わせて少しして大丈夫だとわかればむしろ人懐こい方だったそうだ。その上、祖父母と一緒にいたせいか、子供のわりに無駄に騒ぐこともなく母親の仕事を静かに見ていられる。極めつけは、佐緒里に似て可愛らしい。そのため、現場に連れて行っても大抵の大人に可愛がられており、特に祖父母世代は、孫の相手をしているようにメロメロだったそうだ。

「身内のことになると弱いけど、その辺は全部俺が引き受けるから問題ないし。……けど」

そう言った壮志は、悠を抱きしめる腕の力を強くして、再び溜息をついた。

「けど、なに？」

「……悠がやる気になったのなら、やらせてあげたいけど。不特定多数に悠を見せるのが嫌だ。できれば、外に出さずにずっとここに閉じ込めておきたい」

前みたいに悠が倒れるような状況になったら、今度はもう抑える自信がない。

「……――」

そんな壮志の言葉に、顔を赤くすればいいのか青くすればいいのか、一瞬わからなくなってしまう。けれど、初めて見せてくれた独占欲に、じわじわと嬉しさが込み上げてくる。

（おかしいのかな。そりゃ、本当に閉じ込められたら困るけど……）

「モデルって言っても、やるのはせいぜい、なんかのヘルプとかそんなのだろうし。今のところ……そっちを本職にするのは、やっぱり自信ないし。ちょっとだけやってみるのは、駄目、かな」

顔を上げて首を傾げると、上から悠を覗き込んでいた壮志が眉間に皺を刻む。

「その顔はずるい」

悠のその顔には弱いのだと。そう言いながら、壮志は渋々ながら認めてくれた。とはいえ、水原を脅して受ける仕事に細かく注文をつけようと思っていることは、当然、悠には伝わっていない。

「ありがとう、壮志さん」

ずっと一緒にいたいと思う人と、こうして傍にいて、何でも話すことができる。その幸せを噛みしめながら、悠はふわりと微笑んだ。滲むようなその笑みに、壮志もまた微笑み、悠の頬を撫でる。

「……愛してる」

そうして、耳元で囁かれた言葉に、悠はこの上なく満たされながら笑みを深めるのだった。

蜜月は甘いあまいフレンチトーストで

「……は？」

静まり返った事務所の中に響く、地の底よりも低い声。その明らかに不機嫌そうな色に、深澤悠《ふかざわゆう》は盛大に頬《ほお》を引き攣《つ》らせた。ちらりと横目で窺《うかが》った先には、一切の表情を消した男――長束壮志《ながつかそうし》が座っている。

現在、悠が事務員兼登録スタッフとして働いているここは、年の離れた幼馴染《おさななじ》みであり、壮志の学生時代からの友人でもある、水原紀行《みずはらのりゆき》が経営しているモデル事務所だ。その事務所の社長室で、応接用のソファに居心地悪く腰《こし》を下ろした悠の隣に壮志が、そして、ソファテーブルを挟んだ正面には、見慣れた女性――悠の母親である深澤佐緒里《さおり》が悠然と足を組んで座っていた。ちなみにその隣には、我関せずとばかりに視線を逸《そ》らした事務所社長――水原が、佐緒里からややスペースを空けるようにして腰を下ろしている。

「だから、仕事よ。悠の。ああ、もちろん、私との関係は出ないように手は回しているから、なにかあればこっちで対応するわ」

綺麗《きれい》に整えた指先を軽く振った佐緒里は、テーブルの上に置かれたコーヒーカップを手にした。先ほど悠が淹《い》れて運んできたコーヒーを、ゆっくりと飲む。

「……俺は、悠にそこまでおおっぴらにモデルの仕事をさせるのは反対なんですが？　貴女《あなた》は、この子を下世話な面倒に巻き込みたいんですか？」

「悠が私の息子《むすこ》なのは変えようのない事実なんだから、巻き込まれる時は、嫌でも巻き込まれるわよ。今更なに言ってるの。それに、悠がやるって決めたんだから、仕事を回して文句を言われる筋合いはないわ」

鼻先で笑った佐緒里に、壮志がさらに視線を鋭くする。

「ならせめて、万が一を考えて、貴女と関わりのないところで仕事をさせるのが親心というものでしょう」

「今回の仕事は、元々悠を直接知ってる相手からのものよ。別に、こっちへ直に連絡を取っても良かったけど、初回だから私に対して筋を通してきたってだけの話だし」

そうして佐緒里が告げた相手の名前は、確かに悠が知っている相手――時折、佐緒里に呼び出されてモデルをやらされる時に撮影を担当しているカメラマンのものだ。もちろん、壮志も面識がある。

「あー。一応、うちの事務所に来てる依頼も名指しってわけじゃないからな。まあ、電話で名前を出さずに指定はされたが、聞いてるのは俺だけだし」

片手を肩の高さに上げ言い添えるようにそう告げた水原に、壮志は鋭い視線を向けた後、溜息《ためいき》をついた。

「……よりにもよって、初っ端の仕事が大手ブランドの広告モデルか」

「世の中、タイミングっていうものがあるのよ」

さらりと言った佐緒里に、はは、と悠は思わず苦笑を浮かべる。

そもそもの発端は、その知り合いのカメラマン――道重《みちしげ》が撮影依頼を受けていた仕事で、担当するはずだった男性モデルが、事故に遭って怪我《けが》をしたことにあった。

隠せる程度の怪我ならともかく、足を骨折したためギプスをつけなければならず、結果、仕事を辞退することとなってしまった。そのため、急遽《きゅうきょ》代役を見つけなければならなくなり、担当者が困り果てていたのだそうだ。

モデルだけなら、星の数ほどいる。だが、今回の仕事では、商品コンセプトの雰囲気に合うといった条件の他、新鮮さを重視しあまりモデルとしての色がついていない者、という条件がついており、かといって完全な素人《しろうと》でも困る、ということで、人選が難しかったそうだ。なんでも、今回は名の知れた男性服ブランドの中でも、若手デザイナーを中心に構成されたチームが作ったもので、既定のラインとは異なったものになるから、らしい。

その他にも、同時期に請ける仕事について幾つか制限が設けられており、それゆえに、数人いた候補は全て条件が合わない等の理由で依頼できなかった、もしくは断られたのだという。

そんな折、ちょうど道重が、悠が水原の事務所にモデルとして登録したことを聞きつけた。そしてふと、担当者から聞いていたモデルのイメージに近いのではないか、と思いついたらしい。

そして、佐緒里に話を通した上で、まずは内密にということで、悠の名前は出さないまま、先日、佐緒里に呼び出されてトモキと一緒に撮られた写真を担当者に見せたのだという。

結果、紹介して欲しいと懇願され、道重が佐緒里に連絡を取ってきた——のだそうだ。

「まあ、母体は大手だが、今回のはメインブランドとは名前も違うし新規ブランドとほぼ同じ扱いで知名度も高くはない。悠の希望で、今回限り、っていう条件もつけたしな。だから大丈夫だろ」

肩を竦《すく》めた水原をひと睨《にら》みすると、壮志がこちらへ視線を向けてくる。

「……悠、無理はしないようにね」

「うん、わかってる。道重さんもいるし、そこまで無理は言われないと思うから大丈夫だよ」

「その辺は、きっちりするから心配すんな。つうか、お前は心配しすぎだ、壮志」

呆《あき》れたような水原の声を無視した壮志が、溜息をついて悠の髪を軽く撫《な》でてくる。その仕草の甘さに肩の力を抜き、だがすぐに、正面に座る母親がこちらを見ていることに気がついて、そっとその手から離れて背筋を伸ばした。

「別に気にしなくてもいいわよ。物凄《ものすご》く、今更だから」

あっさりとそう言った母親に、ぎくりと背筋を震わせる。そうして、うろうろと彷徨《さまよ》わせた視線を母親へ向けると、にい、とひどく楽しげな笑みを浮かべた顔と視線がぶつかった。

嫌な予感に、ひくりと頬が引き攣る。自身の母親だけに、なんとなく言いたいことがわかってしまった。

（……これ、絶対に壮志さんとのこと、ばれてる）

隠し通せるとは思っていなかったが、予想以上にあっさりとばれてしまっていることに妙な居心地の悪さを感じてしまう。そして、反対しているようには見えないから、気恥ずかしくもあった。

たとえ反対されたとしても、壮志のことを好きな気持ちを変えることはできないが。

自分にとって佐緒里は、母親ではあるが親友や仲間といった感覚の方が近い。恐らくそれは、悠に対する一般的な両親としての役割の多くを、祖父母が担ってくれたからだろう。

とはいえ、悠にとって佐緒里が大切な身内であることに変わりはなく、恨んだこともない。

佐緒里が、自分のできる限りで悠のことを考えてくれているのは、わかっていたから。

「……母さん、あの」

躊躇《ためら》いがちに声をかけようとすると、コーヒーカップを置いた佐緒里が真《ま》っ直《す》ぐに悠へと視線を向けてきた。そうして、その視線をちらりと隣に座る壮志へと流し、溜息をつく。

「全く。男の趣味の悪さは、誰に似たのかしら」

「……っ！」

まさかの言葉に、息を止める。すると、隣から剣呑《けんのん》な気配とともに悠の背中から二の腕辺りに手が回された。その手を剝《は》がす間もなくぐっと引き寄せられ、壮志の方へ寄りかかるように身体《からだ》が倒れてしまう。

「ちょ、壮志さん！」

「そうですか？　そう悪くはないと思いますが」

気配とは裏腹に、しれっとした様子でそう言った壮志に口を噤《つぐ》む。せめて身体を離そうとするが、引き寄せる手に力が入り敵わない。助けを求めるように、佐緒里の隣に座る水原に視線を向けるが、頑張れとばかりに同情するような目が向けられただけだった。

(紀兄《のりにい》の役立たず！)

年上の幼馴染みに心の中で悪態をつきながら、壮志の手を剝がそうと必死に抵抗する。さすがにバレてしまっていても、母親の目の前でこんなことをする度胸は、悠にはない。

(ていうか、なんでこの二人こんなに険悪な感じなの……)

以前はそうでもなかった気がするのだが、ここ最近、顔を合わせればこの調子で、結果的に間に挟まれる悠が居たたまれない思いをするのだ。

「独占欲も、過ぎれば嫌われるわよ」

「そこまで縛りつける気はありませんよ。……多分ね」

最後に、微妙に不穏な言葉が付け足されたのは気のせいか。そう思いながら、抵抗するのを諦めてひっそりと溜息をついた悠に、佐緒里が再び視線を向ける。

「ちょっと、悠。本当にこれでいいの？」

「……いや、まあ。……うん？」

嫌ではない——むしろ、こうして独占欲を見せてくれるのを嬉《うれ》しいと思ってしまうのは事実のため、視線を彷徨わせながら頷《うなず》く。その答えに、壮志の剣呑な気配が少し収まったことを感じてほっとする。

「あー。佐緒里さん、こいつらはあれですよ、割れ鍋的な……」

言い難《にく》そうな水原の言葉に、佐緒里が微妙に生温かい視線を向けてくる。仕事の話から逸れ、ひとまず壮志の機嫌が戻ってよかったとは思うが、これはこれで居たたまれない。周囲から顔を隠すように俯《うつむ》いていると、やれやれといった佐緒里の溜息が聞こえてきた。

「ま、頑張んなさい」

それは、どこにかかる台詞《せりふ》なのか。そう問いたいのをぐっと堪《こら》え、悠は小さく頷くだけにとどめるのだった。

「あー、それで？　相方の機嫌は直ったのか？」

「相方ってなに。それは多分、大丈夫……、だと、思う？」

「なんだ、その滅茶苦茶曖昧な疑問形は」

人のいない会議室で、呆れたような声とともに、隣に座る大柄な男——道重がこちらに視線を向けてくる。

道重を通して依頼された仕事の顔合わせの日、悠は、マネージャーとしてついてきてくれた事務所の男性スタッフとともに、男性服の大手ブランドである会社の本社ビルを訪れていた。

今日は特別に紹介者として道重も同席してくれており、事情を知っている相手が一緒であることに安堵《あんど》していた。

白いシャツに薄手のジャケット、細身のスラックスを合わせ、堅苦しすぎず、ラフすぎずな格好をした悠に、道重は顔を合わせるなりどこの会社面接だと笑った。

モデルとして仕事をするのは初めてで、どういう服装をすればいいかもよくわからなかったため、できるだけ無難なものにしたのだ。一緒に来てくれた事務所スタッフ——こちらも、元は水原の母親の事務所で働いていた男性で、水原が事務所を起こすのと一緒に異動してきた人だ——にも、大丈夫と言われたので、格好自体に問題はないと思うのだが。

ちなみに、一方の道重は、カットソーにジーンズという、撮影時とほぼ同じラフな格好だ。ビル内にはスーツ姿の男性が多かったため、この会議室に来るまで妙に浮いていたが、本人は一向に気にする様子はなかった。

今は、悠の付き添いである事務所スタッフが電話で席を外しており、会議室には悠と道重の二人だけだ。相手側の担当者からは、ここに到着した時点で直前に少しトラブルがあったため、十五分ほど待って欲しいと連絡があった。

「いや、壮志さん、この仕事の話してからすぐに突発の仕事で忙しくなったから」

「ああ……、もしかして、映画関係か？」

「そう。それで、締め切りの方にもちょっと影響が出ちゃって」

水原の事務所で話した直後、現在進行中である映画化に関する仕事が割り込みで入り、内容的に断るわけにもいかなかったようで、壮志がバタバタし始めたのだ。そのため、ゆっくり話す時間がとれないまま、今日を迎えた。

「売れっ子先生は大変だ。つうか、いきなり引っ張り出して悪かったな」

少し声を落としてそう言われ、悠はふるりとかぶりを振る。

「それは平気。まあ……、あんまり大きい仕事をするつもりはなかったけど、道重さんがいるなら大丈夫だろうし」

むしろ、本格的にモデルとして仕事をしたこともない悠が、いきなりこんな場所に引っ張り出されて大丈夫なのか。そちらの方が心配だった。そう言うと、道重がそれに関しては大丈夫だと、からりと笑った。

「ま、いきなり一流モデル並みにポージングしろって言われても困るだろうが、今回のは問題ない。カメラの前で顔を作れるだけで十分だ」

前任者も、モデル歴は浅かったしな。そう言った道重に、軽く頷く。

「にしても、お前がモデルとして登録しただけで、俺は驚きだったがな。興味なかったろ」

「……興味のあるなしで言えば、あんまり変わってないよ。事務所で仕事してる方が気楽だし、性格的にそっちの方が合ってるとも思うし」

「まあ、そうだろうなあ。で、それでなんでやる気になった？」

不思議そうに問われ、苦笑する。実のところ、モデルを生業《なりわい》にする人達が聞けば怒られそうな動機だからだ。

「有り体に言えば、お金と経験……かな。色々やってみようと思って。後、資格取るための勉強もしたいし」

転職については、今のところ保留状態だ。水原のところで雇ってもらうことになった時、自分にできることを真剣に考え、まずは事務所の事務員としてできる限りのことをしようと決めたのだ。もちろんそれには、壮志の仕事の補助やサポートも含まれる。

（マネージャーも、いいかもしれない）

以前は、壮志や水原のもとで腰を据えて働くことを選ぶと、どうしても甘えてしまっているようで、一人前の社会人になれない気がして避けていた。けれど、ひとまず水原の事務所で働く、となった時に、改めて色々な道を探してみれば良いと言われ、すんなりと納得できたのだ。

『モデルも、裏方仕事も、意外と向いてると思うぞ。いずれ、今、俺がやってる壮志のマネジメントをお前に丸投げできるしな。考えておけ』

仕事なんざ、よほど高尚な目的がない限り、ちょっとした興味や身近なところから選ぶものだろ。事実、俺なんか家業そのものだし、壮志なんかは手っ取り早く稼げる方法を探した結果だぞ。身近な大人《おとな》である水原にあっさりとそう言われ、少し肩の力が抜けたというのもある。

「確かに、色々やるなら若いうちに、だな。お前の場合、余計なもんがくっついてる分、大変だろうが」

苦笑した道重に同じ表情を返したところで、席を外していた事務所スタッフが戻ってくる。そしてほぼ同時に、相手方のデザイナーを始めとした担当者達がやってきた。

それを道重とともに立ち上がって迎えると、悠は、新しく始まる仕事に緊張を覚えながら気合いを入れるようにそっと下腹に力を込めた。

夕飯を終えた居間で、座卓の下に身体を伸ばし、座布団《ざぶとん》を枕に左側を下にして横たわっていると、顔の前に柔らかな毛が押しつけられる。その温かさに頬を緩めると、手を上げてそっとその背を撫でた。

「正太郎《しょうたろう》さん、ふかふかになったね」

座布団を枕にしている悠の顔の前で丸くなった愛猫——正太郎は、そんな悠の言葉にぱたりと尻尾《しっぽ》を揺らした。

ふかふかになった理由は、昨日、壮志が正太郎を洗ってくれたからだ。幸いにして、正太郎はあまり風呂《ふろ》を嫌がらない。ただ、以前、悠が入れた時に手が滑って思い切り顔に水をかけてしまったことがあり、それ以来、悠が入れようとすると嫌がられるため、風呂担当はほぼ壮志となっていた。悠は、洗い終わった後のタオルドライとドライヤー係だ。

今日は、先日請けたモデルの仕事で、早速テスト撮影があったのだ。なにせ、急遽担当モデルが変わったため、一度、実際に衣装を着て撮影をし雰囲気を見た上で、衣装の手直しをするのだそうだ。とはいっても、デザイン的なものは変わらないため、サイズ等を調整する程度のものらしいが。

だが、なんとなく今日の撮影時の盛り上がり方がおかしな方向に行っていた気がしてならず、思わず溜息が零《こぼ》れてしまった。

「にゃー」

不景気な溜息をつくなとばかりに、悠の腕に正太郎の尻尾がぺしりと当たる。そのタイミングのよさにくすくすと笑うと、顔の前にある小さな身体を引き寄せて抱きしめた。

「あったかい……」

にゃー、と若干嫌そうな声を出しながらも、胸の傍で横になってくれる愛猫に頬が緩む。

その温かさに癒され、うとうととまどろんでいると、かたりと音がして瞼《まぶた》を上げる。横たえていた身体を仰向《あおむ》けにし、そのままの体勢で行儀悪く居間の入口の方を見ると、着流し姿の壮志が立っていた。

「壮志さん、お疲れ様。ひと休みするなら、ご飯の準備するけど」

今日は締め切りが迫っているため、夕飯もいらないと言われていたのだ。そのため、悠は仕事から戻ったその足で二人分の夕食の準備をして先に食べていた。こういう時、どちらかが気を遣いすぎると一緒に暮らしてはいけない。特に、壮志のように自宅で仕事をしている人は、倒れないよう身の回りのことをしつつも、ある程度は放置しておいた方がいいのだ。

夕食を二人分作っておいたのは、万が一、夜中にお腹が空いた時に食べられるようにと、残っていても明日の朝ご飯に回せるからだ。

「うん。思ったより早く終わったから、なにか軽く食べようかなと思って」

「あ、本当？　じゃあ、作ってあるから温めてくる」

がばりと起き上がると、隣にいた正太郎が迷惑そうに立ち上がり部屋の隅に積んである座布団へと向かう。その姿を二人揃《そろ》って視線で追うと、目を合わせてくすりと笑った。

「ありがとう。お願いしていい？」

「いいよ。疲れたなら、先にお風呂入ってきてもいいよ」

このところ部屋に籠もりきりだった壮志にそう促すと、そうさせてもらおうかな、と苦笑した壮志が風呂場へ向かった。

それを見送り台所に向かい、鍋に入っている煮物を温めていると、不意に玄関のチャイムが鳴らされた。火を止めてインターフォンの映像を確認すると、昼間、事務所に立ち寄った際に会った水原の姿があった。

「紀兄？　どうしたの？」

慌てて玄関の扉を開くと、仕事帰りらしく、スーツ姿の水原が片手に持った大判の封筒をぴらぴらと振ってきた。

「今日撮った写真。預かってたの、急いでて渡し忘れてたらしくてな」

「……え。いや、むしろ、なんで持ち出せてるの」

「そういう契約だから。ああ、当然のことだが流出はさせるなよ。大問題だからな」

「当たり前！　っていうか、別にいらないし！」

むしろ、公式発表前に外に出してはいけないものが手元にある方が落ち着かない。そう噛《か》みつくように言うと、いやいや、と水原が苦笑する。

「お前宛、じゃなく、壮志宛だ。お前の写真は必ず回す約束だからな」

「……なにそれ」

「元々、確認用として撮影した写真は一通り事務所に渡すよう明記してあるんだよ。その写真の保管場所が事務所じゃないってだけで」

あっさりとそう言った水原に、思わずジト目を向けてしまう。

「それってへりくつ……」

「いやいや。お前の写真に関しちゃ、事務所に置いておくよりいっそここの方が安全だろ」

事務所には、どうやったって不特定多数が出入りするからな。そう言った水原に、それはそうだけど、と眉《まゆ》を下げた。

正直なところ、自分が撮られた写真を壮志に見られるのが恥ずかしいのだ。素の自分を知られているだけに、モデルとしての自分が気取っているようで落ち着かない。いや、家で似たようなことをやっているため、物凄く今更ではあるのだが。

「下手に隠して色々勘ぐられるより、すぱっと全部見せた方が後腐れもなくていいだろ。ってことで、これ、壮志に渡しといてくれ。良い出来だぞ」

「……わかりたくないけど、わかった」

はあああと、地面にめり込みそうな溜息をつくと、水原からやや厚みのある封筒を受け取る。今日は、あくまでもテスト撮影だったため気楽な場だったが、だからこそいささか遊ばれた感じもあったのだ。その写真が、今、手の中にある。

(うう、見せたくない……)

そうはいっても、見せなければ見せないで、壮志にいらぬ心配をかけてしまう。ぐぐと、内心で葛藤していると、そんな悠をあっさりと見捨てて水原は帰っていった。

「……とりあえず、ご飯の準備しよ」

しょんぼりと肩を落とした悠は、玄関の戸締まりをすると、居間の座卓の上に渡された封筒を放り、すごすごと台所に戻っていくのだった。


作り置いてあったおかずを温め直し、ついでにと追加でもう一品作って居間に運ぶと、風呂から出て浴衣《ゆかた》に着替えた壮志が座卓の前に座っていた。その膝《ひざ》の上には正太郎が丸くなっており、思わず頬を緩める。

「壮志さん、お待た……」

だが、皿を載せたお盆を持ったまま、思わずその場で固まってしまう。そしてその視線は、壮志の手の中にあるものに固定された。

(……しまった！)

料理を温め直したら、壮志が風呂から出る前に部屋に持っていこうと思っていたのだが、思いついて追加で料理をしている間にすっかりそちらに気を取られてしまった。

「そ、壮志さん……」

慌てて壮志の隣に両膝をつき、お盆を座卓の上に載せると、あわあわと写真を取り返すように手を向けた。だが、あっさりとその手を躱《かわ》され、最後の一枚を見終えた壮志がこちらを向く。

「うん。悠、後で少し話そうか」

にこり、と微笑《ほほえ》んだその表情が怖いのは、気のせいか。

だらだらと冷や汗を流しながら、ようやく壮志の手から写真を取り返すと立ち上がった。

「夕飯、それ！　あの、お、お風呂！　そう、お風呂入ってくるから！」

そう言って急いで居間を出ると、自分の部屋へと駆け戻る。扉を閉めて電気をつけると、はああと、思い切り溜息をついた。

「もう少し、心の準備する時間が欲しかった……」

そう言いながら、手の中の写真に視線を落とす。そこにあったのは、いつもよりほんの少し長めの髪のウィッグをつけた自身の姿だ。比較的シンプルなデザインのフォーマルスーツの他、それとはがらりと雰囲気の違う、女性でも違和感なく着られそうなカジュアルな洋服の数々。こうして改めて見ると、性別がわからないように、とおおはりきりしていたメイクさん達の腕前が遺憾なく発揮されていた。

「ほのかさんもだけど、やっぱりプロは凄いな……」

溜息交じりでそう言ったのは、それ以外、言うべき言葉が見つからなかったからだ。

いつしか悠は、メンバーは全く違うはずなのに、弄《いじ》られ遊ばれるいつものノリになってきた空気に遠い目をするばかりだった。

『うわ、なんだこれ。雰囲気変え放題……。ユウ君、ちょっとこっち着てみて。あ、後、これも。――あー、やっぱ追加持ってこよう』

当初は、撮影に使う予定の衣装だけを持ってきていたデザイナー各位が、追加であれこれ衣装を増やし始め、ああでもないこうでもないと顔を突き合わせ始めるのを見て、隣で道重が大笑いしていた。

そんなこんなで、最初に予定していたよりも大幅に時間をオーバーし、テスト撮影は終わったのだ。今日の写真を参考に、広告に使う衣装などを改めて決めることになったらしい。

正直、悠自身はなにを着たのかもよく覚えていなかったが、さすが道重というべきだろう、自分ではないような姿が写真には切り取られていた。

「恥ずかしい……」

不特定多数に見られるのは気にならないが、壮志に見られてしまうのだけは恥ずかしい。これまで、散々壮志の前で色んな服を着て写真を撮ってはいたが、仕事としての写真はどうにも羞恥を覚えてしまう。壮志が、昔モデルをしていたと知っているせいもあるだろう。壮志を撮ったものに比べれば――実は、今でも壮志が載った雑誌などは大切に保管してある――自分が撮られた写真は、どうにも幼い感じがしてしまうのだ。

写真を机の引き出しに入れると、食事をしているだろう壮志と顔を合わせないように風呂へ入る。そうして、風呂場の前に迎えに来てくれていた正太郎に笑みを零し、浴衣に着替えると、正太郎に案内されるように壮志の部屋へと向かった。正太郎が直接こちらに来るということは、食事も終え、居間も片付けたのだろう。

壮志の部屋の扉を開けると、仕事机に向かっている背中が見えた。そのまま部屋に入るかと思われた正太郎は、悠の足下をくるりと回ると、寝床にしている縁側の猫用ベッドへ向かった。その姿を見送っていると、ぎしりと音がして壮志がこちらを振り返った。

「悠、おいで」

手招かれ、部屋に入り後ろ手に扉を閉める。そうして、壮志の前に行くと、ベッドに促されて並んで腰を下ろした。

「写真、綺麗に撮れてたね」

「……う」

優しく微笑んではいるものの、目は笑っていない。怒っている、とまではいかないが、機嫌はあまりよくなさそうだ。そう思いつつ、悠はそっと視線を逸らした。

「いやまあ、なんか、思った以上に色々撮られた……」

「みたいだね。可愛《かわい》かったよ」

「……見たよね」

そりゃあ、そうだ。がっくりと肩を落とした悠に、隣に座る壮志がふっと息をつくのがわかった。

あの中に数枚、あまり見られたくなかったものがあったのだ。色々な服に着替えさせられているうちに、一枚、明らかに女性ものと思われる服が紛れ込んでいた。どうやら、同じラインの女性向けのものが混ざってしまっていたらしく、けれど、その服と悠を見比べたデザイナーがとんでもないことを言い出したのだ。

『これ、ユウ君なら着られそうだよねぇ』

そして、ぎょっとした悠の答えを聞かないまま、悠の身体に服を当ててみてなにやら納得した様子で頷くと、とても良い笑顔で言われてしまった。

『ちょっと着てみようか！』

そこから、スタッフ達が妙な盛り上がりを見せ、ウィッグを変えたりメイクを変えたりして、結果――なにやら覚えのある展開が繰り広げられたのだ。

もちろん、それに関してはお遊びだ。まさかこれ着て撮影とかしませんよね、と念のため確認したが、女性向けのラインにはちゃんと別の担当モデルがいるから、と笑いながら頷かれた。

ついでに、腹を抱えて笑っていた道重に関しては、思い切り背中を叩《たた》いておいた。

そうして仕上げられたのは、ひどく可愛らしい女の子――のような雰囲気の自分だった。

とはいえ、あくまで悠は見慣れた自分の姿のため、違和感が半端なかったのだが。

周囲からは可愛いと連呼されたが、そこは男として力強く否定したいところだった。

ちなみに、以前、壮志と出かけた時にした格好よりさらにフェミニンな仕上がりになっていたが、その分、違和感も強かった。あの格好では外には絶対に出られない。

「ところで悠君、随分可愛い格好もしていたみたいだけど、まさかあれが表に出るなんてことは……」

「ない！　絶対ない！　あれは遊ばれただけだし、あったら断ってる！」

思わず隣に座る壮志の顔を見上げ、思い切り否定する。その勢いに軽く目を見開いた壮志が、そう、とほんの少し気配を和《やわ》らげた。

「ならいいけど……。ああいう格好は、俺の前だけでして欲しいかな」

そっと悠の頬に手を当てた壮志が、ふに、と柔らかく頬を摘《つま》んでくる。それに顔を顰《しか》めると呟《つぶや》いた。

「いや、好きでしてるわけじゃないし、やらないから……」

「ここでだったら構わないよ。可愛い格好も似合うしね。色々、助けてもらってるし」

「……壮志さんの仕事の手伝いなら、まあ、仕方ないけど」

壮志から時折、小説のキャラクターのイメージを摑《つか》むために手伝って欲しいと言われ、女性向けの服も着ることはあるが、あれはあくまでも壮志の仕事の手伝いだ。壮志のためであり、ここなら見る人も限られるから着ているだけである。今日のような、身近な人がいない場所で好き好んで着たいものでもない。

溜息交じりにそう言った悠の身体に、壮志の腕が回される。上半身を引き寄せられ、腕の中に抱き込まれると、その温かさにどきどきしながらもほっと息をついた。

「うん、ありがとう」

どこか嬉しそうな声に、わずかに頬が緩む。そっと壮志の背中に腕を回すと、ほんの少し自分からも身体を寄せた。どこよりも、なによりも、安心できる場所。それを実感しながら、慣れた体温に頬を擦《す》り寄せる。

「悠……」

「壮志さ……、ん……」

甘く呼ばれた名に顔を上げると、壮志の顔が近づいてくる。反射的に目を閉じると、しっとりと唇《くちびる》に温かなものが重ねられた。一度触れるだけで離れたそれは、だがすぐに再び重ねられ、唇を食《は》むように軽く吸われる。

「ん、ふ……」

何度も繰り返される口づけに陶然となりながら、次第に身体から力が抜けていく。やがて唇を重ねたまま軽く身体を押され、ベッドの上に仰向けに倒れこんだ。

「ん、あ……、ふ……」

上から覆い被《かぶ》さるように身体を重ねてきた壮志の口づけが、さらに深いものになる。薄く開いた歯列の合間から舌が差し込まれると、悠のそれを搦《から》め捕り、口腔《こうこう》を蹂躙《じゅうりん》し始めた。

くちゅり、と水音が耳に届き、さらに身体の熱が上がる。舌先で上顎《うわあご》をくすぐられると、それだけでびくりと腰が震えた。

「ふふ、気持ちよさそうだね……」

「んん……っ」

一度口づけを解いた壮志が、唇を触れ合わせたまま呟く。それに、本能的な物足りなさを感じて自ら唇を寄せると、再び深く重ねられた。

「ん……――っ」

喉奥《のどおく》まで舐《な》められそうな勢いで口腔をなぞる舌に、思わず壮志の浴衣の衿《えり》を掴む。互いに舌を絡め、どちらのものかもわからなくなった唾液《だえき》を飲み込み、貪るような口づけが繰り返された。

「ん、ふは……っ」

やがて、飲み込み切れなくなった唾液が口端から零れ首筋を流れていく。快感と息苦しさで意識が朦朧《もうろう》とし始めた頃、ようやく重ねられていた唇が離れていった。

はふ、と胸を上下させながら空気を取り込んでいると、ぺろりと濡《ぬ》れた口端が舐められる。その感触に軽く身体を震わせると、壮志がふっと微笑む気配がした。

「可愛い……」

そう言いながら、親指の腹で優しく頬を撫でられる。額や瞼、鼻先に軽くキスをされ、その心地よさに目を閉じたまま身体から力を抜く。

やがて、着ていた浴衣の衿元が寛《くつろ》げられ、風呂上がりのしっとりとした肌《はだ》を壮志の掌に撫でられる。そのさらりとした感触に鼓動が速くなり、キスしていた時の息苦しさが再び戻ってきた。

「壮志さん……」

甘えるような声に、壮志が唇に笑みを浮かべたまま、目尻《めじり》に軽くキスを落とす。そうして、そっと悠の耳元に唇を寄せると、息を吹き込むようにして囁《ささや》いた。

「けど、あんな可愛い顔を外で見せたお仕置きは……しないとね？」

「……っ！　え……？」

耳を愛撫されるような感覚に身を竦ませ、けれどすぐに、甘い声で囁かれたその言葉の内容——どこか不穏なそれに、目を見開いた。

「どうして、あんなふうに恥ずかしそうな顔で笑ってたのか、教えて？」

「なに……、壮志、さん……？」

ひどく優しい声で紡がれる、あまり優しくない言葉に、悠は快感に緩んでいた頬を引き攣らせるのだった。

「や、待って、それ嫌ぁ……っ！」

足先から這《は》い上がってくる快感に、悠はベッドの上で声を上げながら身悶《みもだ》えた。悠の足を摑んだ壮志は、その声を無視したまま、悠の足の指を一本ずつ舐めている。

今日は、全部舐めてあげようか。そう言った壮志は、その言葉をきっちりと実行し始めた。首筋から鎖骨、胸元を舌で辿《たど》り、悠の中心には一度も触れないまま、身体の至るところを舌で愛撫し始めたのだ。

先ほどまで、手の指を一本一本、丁寧に舐めていた舌は、やがて足へと向かった。そしてまさかと思った時には遅く、足を取られていたのだ。

「だめ、汚……っ」

「悠の身体に、汚いところなんかないよ」

あっさりとそう言った壮志の舌が、指の股を舐める。その瞬間、ぞわりとした快感が這い上がり、大きく腰が震えた。

「あ……っ！」

悠の中心は、一度も触れられないまま硬く張り詰めている。とろとろと先走りが零れ、悠の身体を辿ってシーツを濡らしていた。

このままでは、身体を舐められただけで達してしまう。そう思うほど、じりじりとした柔らかな快感は、長い時間をかけて悠を追い上げていた。

「もう、や……っ」

「悠、こっち見て」

舌先で足の甲をなぞられながら、声をかけられる。息を詰めながらゆっくりと目を開き壮志の方を見ると、優しく細められた——だが、欲情の滲《にじ》んだ瞳から視線が離せなくなった。

目を合わせたまま、ゆっくりと足に口づけられる。どこか恭《うやうや》しささえ感じるその仕草に、胸が高鳴りつつも身体が震えた。

「ねえ、あの写真撮った時、なにを言われたの？」

「……なに、って」

するりと太股《ふともも》を指先で軽く撫でられ、小さな快感が身体を走る。そのまま散々嬲《なぶ》られた足をゆっくりと下ろされると、壮志の手が内股を辿っていった。達するには至らない、けれど、触れられれば感じてしまうほどには追い上げられた身体は、ささいな感触も拾ってしまい、悠の中心から先走りが零れ落ちる。

「あんなに恥ずかしそうに、可愛く笑うようなこと、なにか言われたんじゃないの？」

一瞬、なにを言われているかわからず、だがすぐに目を見開いた。

あの中にあった一枚。今回の仕事では、あまり表情を出さないようにと言われており、他の写真は柔らかい雰囲気は作ったものの表情自体はあまり出していなかった。けれど、お遊びで撮った方は普通に道重やデザイナーと喋《しゃべ》りながら撮ったものがほとんどで、中に、一枚だけ自分でも恥ずかしくなるようなものがあったのだ。

『ユウ君は、付き合ってる人がいるのかな。……ああ、いるみたいだね』

速攻でバレてしまったのは、撮られながら壮志のことを思い出していたからだ。あまり嬉しくない格好をさせられ、ここが家ならまだよかったのにと思っていたら、芋づる式に壮志のことを思い出したのだ。そんなタイミングだったため、表情を繕《つくろ》うことができずに狼狽《うろた》えてしまった。

写真を撮りながら道重が苦笑するほどに、そして質問をしてきたデザイナーが、一瞬で確信するほどに。

付き合っている人がいるのなら、その人のことを思い出しながら笑ってみて。そう言われ、ぎこちないながらも笑ってみせたのが、あの写真なのだ。

「違、あれは……っ」

「話し相手の人、そんなに良い人だった?」

そこまで聞いて、ようやく壮志が誤解していることに思い至り、上半身を起こそうとする。だが、そこでようやく悠の中心に口づけられ、腕から力が抜けた。

「ちが……っ!　あああ……っ!」

濡れそぼった悠のものが、温かな感触に包まれる。壮志の口腔に迎え入れられたそれが、扱《しご》かれながら舌先で弄られ、与えられた強い快感に嬌声《きょうせい》を上げた。

散々焦《じ》らされた上で与えられた快感に、達《い》かせて欲しいと腰が揺れる。もっと強く。そう思いながら、舌を当てられ扱かれる感触に身を任せていると、不意に根元が指で締め付けられた。

「え……」

「もう少し、我慢して」

「や、いや……っ」

そう言いながら、あと一歩のところで口淫《こういん》を中断した壮志に、つい、恨みがましげな声が出てしまう。潤んだ瞳で壮志を軽く睨むと、ほんの少し意地の悪そうな笑みが返ってきた。

「お仕置きって言っただろう？　今日は、俺が達くまで我慢して」

「そ、んな……」

いつも壮志は、悠を散々追い上げ、何度も達かせた後に自身の欲を解放するのだ。こんなふうに、焦らされながら壮志が達するのを待つのは、何度も達するよりも辛いかもしれない。

ぞくりと、恐怖と——快感じみた感覚が身体を襲う。自分でも、どうして欲しいのかがわからない。だが、壮志にされることで、本当に嫌なことは多分ないということだけがわかっていた。

「あれ、ちが……」

「ん？」

だがせめて、壮志が誤解していることだけでも、違うと言っておきたかった。怒ってはいないと思う。けれど、すれ違ったまま身体を重ねることはしたくなかった。

「あれ、付き合ってる人、いるのかって……聞かれて」

「誰に?」

「デザイナーの、人……」

軽く目を見張った壮志が、悠の中心を戒めたまま少し身体を起こして顔を近づけてくる。こつりと額を合わせせられたところで、壮志の気配が緩んだことを感じ、ほっとした。

「壮志さんの、こと……思い出してた、から……」

つい、ここが家ならまだよかったのに、と思ってしまったのだと。そう白状すると、優しく唇が重ねられた。

「俺のこと、考えてた?」

「……うん」

とろりとした甘い声に、羞恥で顔を赤くしながら頷く。恥ずかしくはあったが、否定する理由はない。自分でも、壮志のことを思い出しただけであんな顔をしているとは思わなかったのだ。

「付き合ってる人のこと、思い出しながら、笑ってみてって言われて……」

恥ずかしくて、ぎこちなくなってしまったけれど、ここに壮志がいてくれたらいいのにと思ったら、少し寂しくてけれど心強かった。囁くように言葉を継ぐと、唇に落とされたキスが、続けて顔中に降ってくる。

「……ああ、くそ、やばい。可愛い」

額にキスが落とされると同時に、堪えきれないといったような呟きが耳に届く。え、と思った時には、壮志が身体を起こし、握っていた悠自身から手を離すとくるりと身体が俯《うつぶ》せられた。

やがて、ごそごそとなにかをしていた壮志に腰を抱え上げられたと思った直後、後ろの蕾《つぼみ》を濡れた指がなぞった。

「……っ!」

ひんやりとした感触と同時に、指が後ろへと差し入れられる。最初は、周囲をゆっくりとなぞるような動きで、けれど、いつもより性急に中に入り込んできた指が、内壁をゆるゆると撫で始めた。

「……っ、ん……」

できるだけ息を詰めないようにしながら、壮志の指を受け入れていく。手元のシーツを握りしめ、いまだ慣れない異物感にゆっくりと息を吐いた。

潤滑剤で濡れた指が、徐々に身体の奥の方をなぞっていく。最初は一本だった指が、二本に増え、そして三本になった頃には、最初に感じていた違和感は消え、再び焦らされるような快感に襲われていた。

指先で奥の方を擦《こす》られた時、思わず達しそうになってしまった悠の中心は、再び壮志によって根元をせき止められている。内壁の感じる場所を的確に擦られ、けれど、決して頂点に達することができない苦しさに、悠は涙を滲ませて身悶えた。

「そうし、さん……っ」

「うん。悠、もっと感じて……」

どこか、いつもよりぼんやりとした声でそう言った壮志の息が、ほんの少し荒い。その声に、壮志も興奮していることを知ると、ざわざわと触れられた場所から快感が這い上がってくる。

「も、やだ、壮志さん、ちょうだい……っ」

もっと大きなもので、激しく擦って欲しい。そんな欲求に襲われ、腰を揺らしながら強請《ねだ》る。

「……ここも、じっくり舐めてあげようかと思ったんだけど、後でかな。ちょっと、俺も我慢が利かない」

そう呟いた壮志が、後ろを拡げていた指を引き抜いていく。それを引き留めるように内壁が締まると、すぐに後ろに濡れたものが当てられた。

指よりももっと硬く、熱いもの。それが、壮志自身だと認識した瞬間、ずるりと大きなものが後ろへ突き入れられた。

「……っ！」

時間をかけて緩められていた後ろは、一気に突き入れられたそれをさほどの抵抗もなく飲み込んでいった。最初の圧迫感は凄かったが、痛みを感じるより先に太い場所が奥へと入り込んできたため、さほど痛みはなかった。

けれど、指では届かなかった奥の方が壮志の先端で突かれた瞬間、達しそうになり腰が大きく震えた。けれど、前が壮志の指に戒められているため、出口を見つけられないまま快感が身体中を駆け巡る。

「……――」

ふるふると身体を震わせた悠の背中に、壮志がそっと唇を落とす。舌が背筋を這い、優しく口づけられ、もどかしいのに嬉しくて、悠は唸《うな》り声とも嬌声ともつかぬ声を上げた。

「悠、いい……？」

背中に身体を重ねられ、首筋に顔を埋《うず》められながら問われる。

早く。こくこくと頷きながらそう告げると、うなじに唇が触れた直後、壮志が身体を起こした。同時に、悠の前を戒めていた指が外れ、両手で腰が掴まれる。

「……あああ！」

「……っく、悠……っ！」

肌がぶつかる音がするほど強く、一気に壮志のものが奥まで突き入れられる。背筋を反らせてそれを受け止めた悠の前から、ぴしゃりと意識しないまま精が零れた。

達したのだと思う間もなく、壮志が抽挿を始める。がつがつと奥までぶつかるような勢いで腰を振られ、その度に押し出されるように悠は声を上げた。

「あ、あ、あ……っ」

一度達したにもかかわらず、身体の奥を突かれる快感に、すぐに前が勃《た》ち上がる。たらたらと先走りが零れシーツを濡らしているのも意識できないまま、悠は内壁が擦られる感覚に嬌声を上げ続けた。

「あ、そこ、やあ……っ」

「……っ、ここ、悠の良いところだ」

そう言いながら、悠の奥の方にある場所を壮志が自身の先端で何度も擦る。その度に、腰の奥から身悶えするような快感が這い上がってきて、悠は力の入らなくなった上半身をベッドに伏せた。

腰だけを抱え上げられた状態で何度も奥を突かれ、快感の波に飲み込まれながら手元のシーツを必死に握りしめる。

「あ、やああ、そこ、もういやあ……っ」

感じる場所に狙い澄ましたように何度も先端を押し当てられ、また硬い熱で内壁全体を擦られ、悠はぱたぱたと髪を乱しながら頭を振る。頭上からは、壮志の荒い息が聞こえ、自分で壮志が興奮しているのだという事実がさらに悠の快感を増幅させていた。

「く……っ、悠、悠……っ」

「そうし、さ、あ、あ……、ああああ……っ！」

「……――っ！」

ぐっと腰を強く押しつけられた瞬間、奥の最も感じる場所を強く擦られ、悠は再び放埒《ほうらつ》を迎えた。腰を震わせながら達し、内壁で壮志のものを締め上げると、ぶわりと大きさを増した壮志が悠の中に飛沫《しぶき》を放った。

ぐ、ぐ、と何度も腰を振り、幾度かに分けて悠の中に精を放ちながら、放ったものを内壁に擦りつけていく。潤滑剤と壮志のもので濡れた中を擦る度、ぐちゅぐちゅと水音がする。

「ふ、悠の中、俺でいっぱいだ……」

どこか嬉しそうにそう言った壮志に、ふるりと悠が肌を震わせる。この身体は壮志のものだと、そう告げられるようなその行為と言葉が、悠の中にひどく優しく染み込んでいく。

「壮志、さん……」

もっといっぱい、壮志で満たして欲しい。震える声でそう告げると、身体の中で力を失っていた壮志が、再び硬さを取り戻し始めた。

「ああ、悠がいらないって言っても……忘れられないくらいに、刻みつけるよ」

この身体が、自分無しでは生きていられなくなれば良い。そんな言葉をぼんやりとした意識の中で聞きながら、もうそうなっているよ、と心の中で呟いた。

悠の心の中には、いつでも壮志がいた。それは、幼い頃からずっとだ。

現金だとは思うが、心が通じ合った今、離れることなど考えられなかった。いつかは、壮志の気持ちが変わってしまうかもしれない。それでも多分、自分は壮志のことを忘れられないと思う。そんな確信があった。

意見が違ってくることも、喧嘩《けんか》をしてしまうことも、多分あるだろう。今まで一度もしたことがなかったのは、壮志が悠の『保護者』としての立場に重きをおいてくれたからだ。けれど、そんな壮志にも、嫉妬深いところや我《わ》が儘《まま》なところがある。けれどそれらは全て悠を思ってくれているからこそで、嬉しくはあっても嫌ではなかった。

「壮志さん、好き……。大好き……」

恋人になる、ということ自体は、まだ、少しだけ怖い。いつか、気持ちがすれ違った時、自分がどうするのか、自分でもわからなかった。けれど、この腕を離さないためなら、どんなことでもしたかった。

「ねえ、悠。俺は、悠が思ってるよりもずっと……、悠のことを愛してるよ」

まるで悠の心の中を覗《のぞ》いたかのようなその言葉に、知らず、瞳から涙が零れる。うん、と涙に滲んだ声でそう答えると、壮志が甘やかすように背中から身体を重ねてくれた。その温かな感触に、強請るように壮志に告げる。

「顔、見たい……」

「ん、ちょっと待って」

そう言うと、一度身体を起こした壮志が、悠の中に自身を埋めたまま悠の身体を器用にひっくり返す。抜けば良いのに、と思いつつも、離れないでいられたことに安堵を覚え、悠は壮志の方へ腕を伸ばした。

腕を引かれ上半身を引き起こされると、ベッドの上に座った壮志の上に、向かい合うようにして座らせられる。繋《つな》がったまま正面から抱き合うと、隙間のない感じが心地好くて、ほっと息をついた。

「この顔だけは、誰にも見せないようにね……」

正面から顔を覗き込んできた壮志が、頬に手を当てて唇を啄《ついば》む。くすぐったさに顎を引きながら、見せないよ、と呟いた。

「こんなこと、壮志さん以外としないから……」

自分の全てをさらけ出し、身体の奥底まで相手を受け入れる。そんなの、誰とでもできることではない。けれど壮志とは、身体の奥で繋がっていても、もっと隙間なく触れていたいと思ってしまう。自分でも、不思議なほどに。

「もっと、して……?」

ゆるりと腰を動かすと、壮志がふっと目を細める。同時に、その瞳に飢えた獣のような色が宿り、ぞくりと背筋が震えた。

「あ……っ！」

　ぐっと繋がったままの腰が突き上げられ、同時に、胸先が指で強く摘まれる。がくりと腰から力が抜け、自重も手伝って奥の方まで壮志を飲み込んだ悠は、衝撃に目を見開いた。

「悠……っ」

　胸を揉《も》むようにされながら、親指の腹で回すように胸粒を押し潰され、同時にがつがつと腰を突き上げられる。腰を抱えられ、壮志の動きに合わせて身体を落とされると、先ほどまでよりもさらに奥へと先端が届き、一度達して萎えていた悠のものが一気に限界まで勃ち上がった。

「あ、あ……っ」

　壮志にしがみつきながら、感じる場所を擦るように無意識のまま腰を揺らす。そんな悠に壮志が獰猛《どうもう》な笑みを浮かべていることにも気づかず、悠は必死に快感を追っていった。

「悠……。たくさん、俺のを飲み込んで……」

「……──っ！」

　そう言いながら、壮志が両手で悠の腰を掴み一気に引き下ろす。同時に、強く突き上げられ、最奥で壮志が腰を震わせた。その瞬間、悠も放埒を迎え、自身の欲を放つ。

「や、なんか、達ってるのに……」

達した衝撃が治まらないまま、壮志が射精する度に身体の奥が濡らされる感触に感じてしまい、身体の震えが止まらない。戸惑ったような悠に、壮志の優しい声がかけられた。

「うん、そのまま達ってていいよ……」

「え？　壮志、さん……？」

声の優しさとは裏腹に、すぐに壮志のものが動き始める。たった今達したばかりなのに、硬さは保たれたままで、悠は背筋を反らせて嬌声を上げた。

「あ、駄目、まだ……、ああああ……っ」

敏感になった内壁を容赦なく責め立てられ、悠は声を抑えられないまま喘《あえ》ぐ。上った場所から下りてこられなくなるような感覚に戸惑いながら、その戸惑いもすぐに快感に押し流されてしまう。

「朝まで寝かせてあげないから、覚悟して……？」

「待って、や、やあああ……っ！」

そうして、その言葉通りカーテンの隙間から朝日が入り込んでくるまで責め立てられた悠は、翌日ベッドから出ることすらできなくなっていた。

「……ねえ、壮志さん」

「ん?」

返ってきたのはどこか機嫌の良さそうな声で、悠は深々と溜息をついた。そういえば、このところ壮志がばたばたとしていて、こんなふうに身体を重ねたのは、数週間ぶりだったと気づいたのは、昼過ぎに目が覚めてからのことだった。

声は掠れ、身体を起こすことすらできず——とはいえ、べたべたになっていたはずの身体がすっかり綺麗になっている経緯は考えないことにする——布団の中に埋もれた悠は、昼食を準備して持ってきた壮志をじろりと睨んだ。

「やりすぎって言葉、知ってる?」

「知ってるけど、知らないなあ」

楽しそうに空惚《そらとぼ》けた壮志の背中を、重い腕を上げてぱちりと叩く。とはいえ、力が全く入らないため、ぱたりと落ちた腕が当たった程度のものだ。

「さ、お昼ご飯食べよう」

いそいそと悠の世話を焼く壮志は、実に楽しそうだ。ベッドに沈み込むように寝ている悠は、身体を起こすのを手伝ってもらうと、準備してくれた昼食を食べようと皿の方に手を伸ばした。

だが、悠の手には皿どころかフォークすら渡されず、全部壮志が手にしてしまう。

「壮志さん?」

背中に当てられた大きめのクッションに身を沈ませた悠が、胡乱《うろん》げな瞳を壮志に向けると、楽しそうな様子で壮志がフォークで皿の上のパンを刺す。

「はい、悠」

あーん、という言葉とともに口の前に差し出されたそれを、溜息とともに食べる。どうやら今日は、悠に自分で食事することすら、させるつもりはないらしいと察した。

「自分で食べるけど……」

「駄目。これは、俺の役目だから」

なんの役目だ。そう突っ込もうとした言葉は、だが、再び差し出されたパンを口に入れられ飲み込んだ。

表面がさくっと、中はふんわりとしているそれは、甘いフレンチトーストだ。そこまでじっくりつけ込むことはせず、しっとりしすぎていないそれは、悠の好みにぴったりのものだ。

子供の頃からこれが好きで、壮志がよくおやつに作ってくれた。最初のきっかけがなんだったかは忘れたが、多分、テレビで見たか、本で読んだかして、美味《おい》しそうだと言ったからだったと思う。

疲れた身体に甘さがじんわりと染み込み、美味しい、と呟きながら咀嚼《そしゃく》する。

「よかった。そういえば、これも久し振りに作ったかな」

「そうだね。食べたの久し振りかも」

体調が悪く、食欲がない時などによく作ってくれていたが、ここ最近は食べていなかった気がする。自分でも作れなくはないが、フレンチトーストだけは、壮志が作ったものが一番好きなため、自分で作ることはほとんどなかった。

「……あ、そういえば」

芋づる式に、ふとあることを思い出し、声を上げる。

「ん？」

どうしたの？　と首を傾《かし》げた壮志に、思わず苦笑しながら告げた。

「昨日、仕事の時にあの人に会ったよ。壮志さんの、元カノ」

「……え？　なんで？」

ぴたりと動きを止めた壮志が、盛大に眉を顰《ひそ》める。その嫌そうな顔に思わず笑ってしまいながら、偶然だけど、と言葉を続けた。

「あそこの、メインブランドの女性向けラインのモデルやってるみたい。なんか仕事で来てたみたいで、声かけられてびっくりした」

その後の、着せ替え状態の騒動ですっかり忘れていたが、先日壮志と熱愛報道のあった女優――壮志の元彼女と偶然仕事場で居合わせたのだ。悠は気づかなかったのだが、なぜか向こうから楽しそうな様子で声をかけられてしまった。

『久し振り！　話には聞いてたけど美人になったわねえ。あ、この間は騒がせたみたいでごめんね！』

昔とは全く違う、あっけらかんとした様子で声をかけられ、面食らってしまったのだ。言うだけ言った後で、「あ、私のこと覚えてる？」と付け足す彼女に頷くのがやっとだった。

『壮志から、大事な子に誤解されたって散々文句言われてさあ。そんなの、説明が遅れた自分が悪いんじゃない？　自業自得でしょって言っといたけど、君には悪いことしたなって思ったから。会えてよかった』

『え、いや、あの……』

どこから突っ込めばいいかわからずに茫然《ぼうぜん》としていると、あれ、と不思議そうに彼女が首を傾げたのだ。

『大事な子、よね』

『……は、あ』

誤魔化さなければと考える間もなく素直に頷いてしまい、彼女にはひとしきり笑われてしまった。素直過ぎるわと楽しそうに言われたが、驚いてしまいそれどころではなかったのだ。

『昔っから、「幼馴染みの大事な子」一筋だったけど、いやほんと、これだけ年季が入ってたら逆に尊敬するわ。あなたも大変だろうけど頑張ってね』

ほっそりとした手で、だが、いやにしっかりと肩を叩かれ首を傾げてしまう。元彼女に言われる言葉ではないような、と思っていると、その考えが顔に出ていたのか、彼女が面白そうに教えてくれた。

『あ、昔はごめんね。さすがに高校生の頃はまだ若かったから。付き合ってる彼氏が、年下の幼馴染みの子第一優先な上に、向こうが話してくる内容がほぼその子のことばっかりだと、さすがにねえ。お前は誰の彼氏だって言いたくもなるわ』

『……それは、えと』

まあ、それで小さかった君に当たっちゃったのは、不徳の致すところだけど。そう言った彼女は、ごめんね、と苦笑しながら再び謝ってくれた。

『いえ、それは……。さすがに、それはちょっと……あの人なにやってんの……』

逆に、彼女になにを話してるんだと、心の中で壮志に文句を言ってしまったほどだ。

『そう思うでしょ？　いやもう、びっくりするわよ、当時の様子聞いたら。あ、そのうち、お詫《わ》び兼ねてお茶しようか。色々昔話してあげる』

これ、連絡先。そう言って渡された名刺には個人用の携帯番号が書かれており、どうしてそうなるのかがわからず盛大に戸惑ったのだ。呆然と言われるがままの悠から携帯番号を聞き出し、彼女はじゃあ仕事があるからと颯爽《さっそう》とその場を後にした。

「……え、なんでそんなことになってるの？」

「さあ？」

胡乱げな表情になった壮志に、悠はことんと首を傾げる。とはいえ、彼女は既婚者だと言うし、昔のようなきついイメージはなかった。はきはきとしていたけれど、どちらかと言えばさっぱりした雰囲気だった。幼い頃は、恐怖心が勝って嫌なイメージがついてしまっていたのだろう。

「連絡先、消して良いから」

「いやでも、多分かかってきそうな気がするし」

「取らなくて良いから」

「そういうわけにも……」

押し問答のようなそれに、壮志の目がだんだん据わり始める。

「なんで、悠に直接会うかな。絶対会わせたくなかったのに」

ぼそりと呟いた壮志の言葉にひっかかるものを感じ、壮志の顔を覗き込む。

「壮志さん？」

問うような言葉を向けると、壮志が、ふっと口を噤む。そうして、ゆるゆると悠から視線を外すと、フォークにパンを刺して再び口元に持ってきた。

「はい、悠」

壮志を見つめながら、ぱくりとそれを口にする。蜂蜜の甘さを感じながら、それでも表情を変えずにじっと壮志を見つめていると、やがて、壮志が観念したように呟いた。

「あの騒ぎの後、迷惑かけたのなら直接謝りたいって何回か言われて。会わせたくないって断ってた」

「……なんで？」

「いや、だって……」

歯切れの悪い壮志の言葉に、ぴんとくる。そうして、にいっと口端を上げた。

「昔の話、されるから？」

「……っ！」

ぐっと言葉を詰まらせた壮志に、悠は思わず声を上げて笑ってしまう。

「……あのさ、元カノさんと付き合ってる時、俺の話ばっかりしてたって、本当？」

「……――多分、そうだったんじゃないかな。覚えてないけど。大体、別れる時は、私と弟みたいな子と、どっちが大事なのって言われたし」

そもそも、他人にも興味なかったし、話すことなど悠のことくらいしかなかったのだと。

目を逸らしてそう呟かれた言葉に、ゆるゆると頬が緩んでしまった。

「壮志さん……。大好き」

嬉しさのまま、笑みを浮かべてそう呟くと、壮志がほんの少し目を見開いた後、嬉しそうに笑う。

「ああ、俺も愛してるよ」

そうして、そっと近づいてきた顔に目を閉じると、優しく唇が重ねられる。

穏やかな日々の中で、こうして繰り返し交わされる言葉が、少しずつ悠の中に積み重なっていく。それを幸せな気持ちで感じながら、悠の唇はそっと笑みの形を刻む。

優しく繰り返されるキスは、ほんの少し、蜂蜜の味がした。

あとがき

こんにちは、杉原朱紀です。この度は「臆病な恋を愛で満たして」をお手にとってくださり、誠にありがとうございました。

今回、プロット段階からひたすら甘いお話を目指してみたんですが、甘くなったかはともかく、自著の中で一番のバカップルが誕生した気がしています。執着することに躊躇のない攻は書いていてとても楽しかったです。

最初はもうちょっと攻にストッパーがかかっていた気が、する？　のですが（気のせいかもしれません）修正する度に、受に対する執着と囲い込み度合いが上がっていった感じが。自覚のある悪い大人です。

そんな初恋をこじらせた両片思いを、生温かい感じで見守って頂ければ幸いです。

ちなみに、攻の普段着が和服なのは、陵先生のイラストで和服と洋服両方見たかったからです。私欲に走りましたが、どちらも眼福で大満足です。

イラストを担当してくださいました、陵クミコ先生。お忙しい中、本当にありがとうございました。今回、ご迷惑をおかけしてしまい大変申し訳ありませんでした。

後、サバトラの正太郎さんが、本当に可愛くて、可愛くて。カバーイラストを見ては、背中撫でたい抱っこしたいとうずうずしてしまいます。

どのキャラも、自分の中のイメージ以上に素敵に描いて頂けて嬉しかったです。二人の表情がどれもとても好きで、本になった状態で拝見できるのが楽しみで仕方ありません。

担当様。いつも、細やかな対応とお気遣い、的確なご指摘を、本当にありがとうございます。今年も初っ端から色々と躓いていますが、気を引き締めてご迷惑をおかけしないように頑張ります。頑張ります……。

最後になりましたが、この本を作るにあたりご尽力くださった皆様、そして読んでくださった方々に、心から御礼申し上げます。

もしよろしければ、編集部宛やTwitter等で感想を聞かせていただけると嬉しいです。

落ち着かない日々が続いておりますが、この本が、気分転換の一助になればと心より祈っております。

次の機会にまた、お会いできますように。

二〇二二年　杉原朱紀

✦初出　臆病な恋を愛で満たして…………………書き下ろし
蜜月は甘いあまいフレンチトーストで…書き下ろし

杉原朱紀先生、陵クミコ先生へのお便り、本作品に関するご意見、ご感想などは
〒151-0051 東京都渋谷区千駄ヶ谷 4-9-7
幻冬舎コミックス　ルチル文庫「臆病な恋を愛で満たして」係まで。

幻冬舎ルチル文庫
臆病な恋を愛で満たして

2022年2月20日　　第1刷発行

✦著者	杉原朱紀　すぎはら あき
✦発行人	石原正康
✦発行元	株式会社 幻冬舎コミックス 〒151-0051 東京都渋谷区千駄ヶ谷 4-9-7 電話 03(5411)6431[編集]
✦発売元	株式会社 幻冬舎 〒151-0051 東京都渋谷区千駄ヶ谷 4-9-7 電話 03(5411)6222[営業] 振替 00120-8-767643
✦印刷・製本所	中央精版印刷株式会社

✦検印廃止

ISBN978-4-344-85003-3　C0193　Printed in Japan